NICOLE AMREIN

# Dr. Katja König
## Der rätselhafte Patient

*Buch*

Die Vorbereitungen für die Verlobungsfeier von Dr. Katja König und
Bruno Bauer sind in vollem Gange, als plötzlich Brunos Exfrau Sonja wieder auftaucht. Sie hat ihre Stelle als Lehrerin aufgegeben und
erklärt, es wegen Paul noch einmal mit Bruno versuchen zu wollen.
Da alle Hotels und Gasthäuser in der Umgebung wegen einer Messe
ausgebucht sind, zieht sie ins Pförtnerhaus, und es hat den Anschein,
als wolle sie sich dort häuslich niederlassen. Bruno Bauer möchte
jeden Ärger mit ihr vermeiden, da er befürchtet, sie könne ihm das
Sorgerecht für seinen Sohn streitig machen, und Dr. Katja König ist
nicht gerade glücklich über die Entwicklung.
Zeit um Trübsal zu blasen bleibt ihr jedoch nicht, denn sie wird
ständig von einem Patienten aufgesucht, der ihr mit seinen unklaren
Symptomen Kopfzerbrechen bereitet. Frederik Gander scheint ein
Hypochonder zu sein, was seine Frau, eine ausgebildete Krankenschwester, die sich deswegen von ihm getrennt hat, der Ärztin auch
bestätigt. Aber dann erleidet er plötzlich einen Herzinfarkt. Er will
Dr. Katja König verklagen, weil er vergeblich versucht hat, sie auf
ihrem Handy zu erreichen – sie hatte es ausgeschaltet, um bei der
längst überfälligen Aussprache mit Bruno Bauer nicht gestört zu
werden.
Alles scheint sich gegen die junge Ärztin zu wenden, zumal auch
Sonja sich immer noch keine eigene Wohnung genommen hat. Aber
Dr. Katja König ist nicht gewillt, so schnell aufzugeben…

*Autorin*

Nicole Amrein, 1970 in Bern geboren, war als Fernsehmoderato-
rin, Journalistin und Chefredakteurin bei diversen Magazinen tätig.
Mit ihrem Erstling »Die Pfundsfrau« landete sie auf Anhieb einen
Bestseller. Es folgten Arztromanserien und Frauenromane sowie
zahlreiche Kurzgeschichten für Zeitschriften. Die Serie Dr. Katja
König hat in der Schweiz eine riesige Fangemeinde, und die Verfil-
mung ist bereits in Vorbereitung.

*Bei Blanvalet außerdem lieferbar:*

Dr. Katja König – In letzter Sekunde (36510)
Dr. Katja König – Schöner Schein (36574)
Dr. Katja König – Geliebter Vater (36575)
Dr. Katja König – Das fremde Herz (36576)

# Nicole Amrein

# Dr. Katja König
## Der rätselhafte Patient

Arztroman

blanvalet
AVENUE

**FSC**
Mix
Produktgruppe aus vorbildlich
bewirtschafteten Wäldern und
anderen kontrollierten Herkünften

Zert.-Nr. SGS-COC-1940
www.fsc.org
© 1996 Forest Stewardship Council

Das für dieses Buch verwendete FSC-zertifizierte Papier
*Holmen Book Cream* liefert Holmen Paper, Hallstavic, Schweden

1. Auflage
Originalausgabe Oktober 2007 bei Blanvalet,
einem Unternehmen der Verlagsgruppe
Random House GmbH, München.
Copyright © 2007 by Verlagsgruppe Random House GmbH
Umschlaggestaltung: HildenDesign, München
Umschlagfotos: © Studio Bockelmann/
Istockphoto
Redaktion: Dörthe Binkert
LW/TKL · Herstellung: Heidrun Nawrot
Satz: Uhl + Massopust, Aalen
Printed in Germany
ISBN 978-3-442-36760-3

www.blanvalet.de

Seine Finger tasteten vergebens nach der Post. Der Briefkasten war leer. Da half es auch nicht, dass Bruno Bauer sich bückte, um hineinzuschauen. Noch nicht einmal die Werbepostille vom Supermarkt lag drin. Bestimmt hatte Rosi sich den Prospekt unter den Nagel gerissen, zumal die restliche Post ja bereits in der Küche lag, von der Haushälterin eingehend durchsucht.

Es wäre nicht das erste Mal gewesen, dass Rosi den Absender eines Briefes kannte, noch ehe der eigentliche Empfänger die Zeilen zu Gesicht bekommen hatte. Sie war nun mal schrecklich neugierig. Aber das störte Bruno Bauer nicht weiter, pflegten die Bewohner der alten Fabrikantenvilla doch ein sehr offenes Verhältnis untereinander. Anders wäre das harmonische Zusammenleben von drei Generationen unter einem Dach auch gar nicht zu bewerkstelligen gewesen.

Trotzdem gab es Grenzen. Sie verliefen dort,

wo die Privatsphäre eines jeden Einzelnen berührt war. Ohne anzuklopfen das Zimmer eines anderen zu betreten, das gab es genauso wenig wie das Lauschen an geschlossenen Türen. An diese Regeln hielt sich Rosi ebenso wie der siebzigjährige Bernd König und Bruno Bauers Sohn Paul, der zwei Tage zuvor seinen elften Geburtstag gefeiert hatte.

Noch immer war der Junge enttäuscht darüber, dass seine Mutter an jenem Tag nichts von sich hatte hören lassen. Aber vielleicht war ja in dem Dorf, in dem sie lebte, die Telefonleitung gestört. Das war schon häufiger passiert. Während der elf Monate, in denen Sonja nun schon als Lehrerin im Dschungel Zentralafrikas arbeitete, hatte sie bestimmt ein Viertel der Zeit ohne Telefon auskommen müssen.

Bruno Bauers Hoffnung war nach wie vor, dass sie geschrieben hätte, der Brief aber noch nicht angekommen wäre. Daraus erklärte sich auch seine Ungeduld beim Sichten der Post. Er wollte seinen Sohn nicht traurig sehen. Paul konnte schließlich nichts dafür, dass seine Eltern geschieden waren, seine Mutter sich in den Regenwald zurückgezogen hatte, um ihr inneres Gleichgewicht zu finden.

Zu manchen Zeiten hätte Bruno Bauer sich auch am liebsten davongemacht. Damals, als Paul mit Leukämie im Krankenhaus gelegen und kaum Hoffnung auf Heilung bestanden hatte. Dennoch war er geblieben, nicht zuletzt weil er stets an Dr. Katja König und ihre Fähigkeiten geglaubt hatte. Dabei waren sie zu jener Zeit noch gar kein Paar gewesen.

Dass die Ärztin etwas ganz Besonderes war, nicht nur ihrer attraktiven Erscheinung wegen, war Bruno Bauer indes schon bei der ersten Begegnung klar gewesen. Professor Ludwig Winter hatte die von einer mehrjährigen Fortbildung aus den USA zurückgekehrte Medizinerin ihm, dem neuen Verwaltungsdirektor der Klinik am Park, in seinem Büro vorgestellt.

Er erinnerte sich noch ganz genau an ihren festen Händedruck und daran, dass er sich insgeheim gefragt hatte, wie solch zarte Finger es schafften, ein Skalpell zu führen. Als Oberärztin der Chirurgie stand Katja König fast täglich im Operationssaal, bei manchen Eingriffen bis zu sieben Stunden am Stück. Bruno Bauer bewunderte ihre Leistungsfähigkeit, ihr Engagement. Er hätte nie Arzt werden können, fiel beim Anblick von Blut in Sekundenschnelle in Ohnmacht.

Trotz dieses Handikaps erfüllte er mit gro-
ßem Geschick seine Aufgaben als Verwaltungsdirektor, auch wenn es stets außerhalb seiner Vor-
stellungskraft gelegen hatte, in einem Krankenhaus zu arbeiten. Hätte Sonja ihn damals nicht
verlassen, wäre er wohl immer noch als Finanz-
chef des internationalen Maschinenbaukonzerns
tätig gewesen, bei dem er nach dem Betriebswirt-
schaftsstudium seine berufliche Karriere begonnen hatte.

Das Briefkastentürchen wieder verschlossen,
ging er quer über den gekiesten Vorplatz auf die
alte Fabrikantenvilla zu. Im Sommer, mit all den
bunten Blumen vor dem Eingang, bot das Haus
einen besonders schönen Anblick, obwohl die
Fassade sichtbar bröckelte. Doch einem altehr-
würdigen Gebäude durfte man sein Alter ruhig
ansehen. Immerhin waren hier schon Katjas Ur-
großeltern zu Hause gewesen, wohlhabende Tuch-
händler aus dem Norden, die sich auf der kleinen
Anhöhe inmitten von Obstbäumen niedergelas-
sen hatten.

Vom Reichtum und Glanz jener Zeit war allerdings nicht mehr viel übrig, nur noch ein paar
in Öl gemalte Ahnenporträts im Treppenhaus –
und natürlich der große Salon im Erdgeschoss

mit dem offenen französischen Kamin und der mit Stuck verzierten Decke. Dort hatte Bernd König seine Praxis eingerichtet, praktizierte er seit über vier Jahrzehnten als Allgemeinmediziner.

Nicht jedoch an diesem Samstagmorgen. Da leitete seine Tochter die Sprechstunde, wie schon während der vergangenen drei Monate. Es war zwar nie Dr. Katja Königs Absicht gewesen, als Chirurgin in die Allgemeinmedizin zu wechseln, doch hatte sie nach einer lebensbedrohlichen Darmerkrankung ihres Vaters keinen anderen Ausweg gesehen, als kurzfristig für ihn einzuspringen.

Seither arbeitete sie morgens in seiner Praxis und nachmittags als Oberärztin in der Klinik am Park. So lange noch, bis Professor Winter eine geeignete Nachfolge für sie gefunden hätte. Dann wollte Katja König die Oberarztstelle aufgeben und nur noch als Belegärztin der Chirurgie für die Klinik tätig sein. Denn auf die Dauer war die Doppelbelastung zu viel – auch wenn Bernd König demnächst in der Praxis wieder mithelfen wollte. Mehr als drei oder vier halbe Tage pro Woche kamen für den Siebzigjährigen nicht in Frage. Umso weniger, als er gesehen hatte, wie mühelos Katja in seine Fußstapfen getreten war

und welche Freude ihr die Arbeit als Allgemein-
medizinerin bereitete.

Die vier Stufen zur Eingangstür mit einem einzigen großen Schritt nehmend, betrat Bruno Bauer die Diele, schaute auf der Hutablage nach, ob
die Post vielleicht dort oben läge. Vergebens. Also
musste sie sich bei Rosi in der Küche befinden.

»Die Post?«, schrie die Haushälterin gegen den
Lärm der Knetmaschine an. »Keine Ahnung, wo
die ist!«

Dann wischte sie sich ihre von Mehl überzo-
genen weißen Hände an der Schürze ab und erkundigte sich bei Bruno, ob er wisse, wer den
hauchdünn geschnittenen Schwarzwälder Schinken aus dem Kühlschrank entwendet habe. »Den
Schinken habe ich gekauft, um ein neues Paste-
tenrezept auszuprobieren.«

Was denn noch alles? Bruno Bauer blickte auf
den langen Holztisch zu seiner Rechten, wo bereits ein Gugelhupf mit Speck, ein Tomatenkuchen, kleine Frischkäseröllchen auf Blätterteig
und verschiedenartig belegte Brote bereitstanden.
»Meinst du nicht, es reicht allmählich?«

Von wegen! Rosi hatte eben erst angefangen.
»Warte bis heute Mittag, dann wirst du Augen
machen!«

»Und wer soll das alles essen?«

»Na, wer wohl? Du, Katja, der Doktor, Paul und ich.«

Das konnte unmöglich Rosis Ernst sein. »Willst du uns mästen?«

»Nein, aber ich muss endlich wissen, was alles am nächsten Samstag aufs Buffet kommen soll. Heute Mittag findet sozusagen der Testlauf statt, danach entscheiden wir.«

»Prost Mahlzeit«, konnte Bruno Bauer da nur sagen. Dann verließ er die Küche in Richtung des oberen Stockwerks. Wenn Rosi die Post nicht geholt hatte, dann konnte es eigentlich nur Paul gewesen sein. Der hatte sich gleich nach dem Frühstück in sein Zimmer verzogen, zusammen mit Mini. Was zum Teufel trieben die beiden dort oben nur?

»Paul? Darf ich reinkommen?«

Die Hand bereits an der Tür, drückte Bruno Bauer nach einem weiteren, unbeantworteten Zuruf die Türklinke hinunter. Seit wann schloss der Junge denn die Türe ab?

»Sie ist nicht abgeschlossen«, rief Paul von jenseits der Tür her. »Musst nur kräftig stoßen.«

Der Vater tat, wie ihm geraten. Doch was,

um alles in der Welt, leistete solchen Widerstand?

»Hast du etwas vor die Tür geschoben?«

»Nicht direkt«, kicherte der Junge. »Ich hab Mini nur gesagt, sie solle den Eingang sichern. Die Türe selbständig öffnen kann sie ja bereits.«

»Dann wird Mini dir bestimmt auch gehorchen, wenn du ihr jetzt sagst, dass sie mich reinlassen soll«, meinte Bruno, worauf Paul die Bernhardinerhündin zurückrief.

Mit ihren fünfzig Kilogramm und dem buschigen Fell war Mini so mächtig, dass der Vater seinen Sohn zunächst gar nicht erblicken konnte, als er das Zimmer betrat. Dabei kniete Paul neben Mini und kraulte ihren Nacken.

»Guter Hund«, lobte der Bub. »Jetzt zeig Papa, wie du müde bist…«

Blitzschnell rollte sich die Hündin auf den Rücken, alle viere von sich gestreckt, was ihr nicht eine, sondern gleich zwei Scheiben Wurst zur Belohnung einbrachte.

»Das ist wohl nicht zufällig der Schwarzwälder Schinken aus dem Kühlschrank?«

Paul bejahte.

»Du weißt aber schon, dass Rosi den gebraucht hätte?«

»Ich brauche ihn auch«, lautete die Antwort.

»Mini lernt am besten mit Schinken. Bis nächsten Samstag bleibt schließlich nicht mehr viel Zeit, um ihr neue Kunststücke beizubringen.«

Schmunzelnd versprach Bruno Bauer, gegenüber der Haushälterin dichtzuhalten – »vorausgesetzt, du vergreifst dich nicht auch noch an Rosis Selbstgeräuchertem.« Dann erkundigte er sich bei seinem Sohn, ob er den Briefkasten geleert hätte.

»Ich hab doch gar keinen Schlüssel«, gab Paul zu bedenken. Und leise fügte er hinzu: »Von Mama ist sowieso nichts dabei.«

Wie er darauf komme, wollte sein Vater wissen.

»Ich weiß es halt«, erwiderte Paul trotzig. »Mama hat mich vergessen. Ich bin ihr nicht mehr wichtig. Deshalb hat sie mir auch nicht zum Geburtstag gratuliert.«

Bruno Bauer zog seinen Sohn an sich und umarmte ihn. »Hey«, flüsterte er und wischte Paul die Tränen von den Wangen. »Was hältst du davon, wenn wir morgen wegfahren? Nur du, Katja, Mini und ich.«

»Und ich entscheide, wohin?«

»Aber sicher!«

Paul strahlte. »Ehrlich?«

»Hab ich dich schon jemals angelogen?«

»Eigentlich nicht. Du hattest nur schon keine Zeit…«

Die Klinik. Manchmal kam es vor, dass Bruno Bauer auch an den Wochenenden oder bis tief in die Nacht arbeiten musste. »Aber heute und morgen habe ich frei. Glaub mir, nichts und niemand kann uns an dem Ausflug hindern. Abgemacht?«

Die schmale Kinderhand schlug auf die breite Männerhand. »Abgemacht!«

Beschwingt stieg Bruno Bauer wenig später die Treppe hinab. Wenn weder Rosi noch Paul die Post geholt hatten, so blieb nur Bernd König übrig. Ihn traf Bruno nach längerem Suchen im Gewölbekeller der Villa an.

Katja Königs Vater hatte darauf verzichtet, die spärliche Deckenbeleuchtung anzuschalten, saß stattdessen bei Kerzenschein auf einem der alten Holzfässer, in der rechten Hand ein Rotweinglas, in der linken eine entkorkte Flasche.

»Bruno!«

Die Stimme des weißbärtigen Mannes hallte von den Wänden wider, als er seinen zukünftigen Schwiegersohn zu sich rief. »Hol dir auch ein Glas, wir müssen degustieren!«

Vergeblich gab Bruno zu bedenken, dass elf Uhr noch nicht vorbei war, man mit Degustieren besser bis in die frühen Abendstunden warten sollte.

Davon wollte Bernd König nichts wissen. »Du setzt dich jetzt neben mich, und wir probieren aus demselben Glas.«

Mit diesen Worten überreichte er Bruno seinen Kelch. »Und sag jetzt bloß nicht, der Wein schmecke dir nicht. Der ist nämlich vom Besten, was ich habe. Der wäre bestimmt was für nächsten Samstag. Oder schmeckt er dir zu sehr nach Eichenfass?«

Bruno Bauer schwenkte das Glas, roch daran. »Sehr schön«, urteilte er, nachdem er den Burgunder auch noch probiert hatte. »Ein hervorragender Tropfen!«

Genau das hatte Dr. Bernd König hören wollen, um nun noch einen draufsetzen zu können. »Hier«, sagte er und goss aus der bereits geöffneten Flasche in das Glas ein. »Sag, was du denkst!«

Der Verwaltungsdirektor der Klinik am Park dachte gar nichts. Er hatte einfach nur diesen Spitzenwein in Nase und Gaumen – ein Bordeaux, wie er schöner nicht sein konnte. »Pessac?«

Der Doktor nickte anerkennend. »Ein Haut Brion, Schlossabfüllung, Jahrgang 1990. Mir war schon damals klar, dass daraus was ganz Feines wird. Allerdings habe ich beim Kauf der Flaschen nicht damit gerechnet, dass mein einziges Kind ausgerechnet mit diesem Wein mal auf seine Verlobung anstoßen könnte. Ich hab nur noch zwei Kisten zu je sechs Flaschen. Meinst du, das wird reichen?«

Bruno Bauer zweifelte. »Vergiss nicht, dass Katja die gesamte chirurgische Abteilung eingeladen hat. Von der Putzfrau über die Aushilfsschwester bis hin zum Professor.«

»Typisch meine Tochter«, befand der Doktor und nahm Bruno das Glas aus der Hand, um selbst den letzten Schluck zu genießen. Dann griff er nach hinten ins Regal und zog eine neue Flasche heraus. »Ist zwar kein Haut Brion und auch kein Neunziger, aber immerhin auch ein Bordeaux – und vor allem habe ich mehr als genug davon!«

Die Männer testeten den Tropfen so lange, bis sie zu dem Schluss kamen, dass sich dieser einfachere, etwas leichtere Wein weitaus besser für die Gartenparty eignete als der exklusive Haut Brion 1990.

»Habt ihr euch eigentlich schon etwas überlegt für den Fall, dass es wie aus Kübeln regnet?«

Davor fürchtete sich Bruno Bauer am wenigsten, versprachen die Wetterprognosen doch beständiges Spätsommerwetter. Sollten trotzdem ein paar Tropfen fallen, so wäre der Gartensitzplatz hinter der Villa leicht mit ein paar durchsichtigen Planen zu überdecken.

Was Bruno Bauer wirklich belastete, war die Frage, wo Sonja steckte. Was, wenn ihr etwas zugestoßen wäre? Das Leben in Afrika barg unendlich viele Gefahren. Vielleicht war sie von einer giftigen Schlange gebissen worden, oder es war irgendetwas anderes Schreckliches passiert. Er konnte sich nicht erklären, dass seine Ex-Frau einfach so den Geburtstag ihres gemeinsamen Sohnes vergessen hatte. Diese Art von Nachlässigkeit passte nicht zu Sonja.

»Du schaust nicht eben nach einem glücklichen Bräutigam aus«, bemerkte Bernd König. »Noch etwas Rotwein?«

»Bloß nicht! Lass gut sein, Bernd. Eigentlich hat es mich ja nur darum zu dir in den Keller verschlagen, weil ich dich fragen wollte, ob du die heutige Post irgendwo gesehen hast.«

Der Doktor zog eine Grimasse, als hätte Bruno sonst was zu ihm gesagt. »Verschone mich mit der Post! Ich bin froh, wenn nichts im Kasten liegt. In der Regel sind es ja doch nur Prospekte und Rechnungen. Weißt du, wie viel die Stadtwerke allein für Strom und Wasser wieder haben wollen? Eine Frechheit ist das, eine bodenlose Frechheit! Aber sag mal Bruno, hörst du mir überhaupt zu?«

»Ich? Ja, schon. Was hast du eben gesagt?«

Katjas Vater stieß einen tiefen Seufzer aus. Es gefiel ihm nicht, dass Bruno mit seinen Gedanken so weit weg war. Hatten er und Katja sich gestritten? Etwa über die bevorstehende Verlobungsfeier?

»Du weißt, mit mir kannst du über alles sprechen. Und vergiss nicht: Es wird selten etwas so heiß gegessen, wie es gekocht wird.«

Bernd hatte gut reden. Er war ja nicht Vater eines elfjährigen Jungen, der nicht verstehen konnte, warum seine Mutter ihm zum Geburtstag nicht gratuliert hatte. In den vergangenen vierundzwanzig Stunden hatte Bruno Bauer mindestens ein halbes dutzend Mal versucht, Sonja telefonisch zu erreichen. Vergebens. Es schien, als wäre die Telefonverbindung in der Tat wieder zusammengebrochen. Als Folge eines schlimmen Unwetters? Oder hatten Krieger das Dorf inmitten des Regenwalds überfallen? Was, wenn Sonja dabei ums Leben gekommen wäre? Bruno Bauer konnte unmöglich mit Katja Verlobung feiern, während …

Durch das schräg gestellte Kellerfenster drang das Geräusch einer Fahrradklingel.

»Klingt nach der Post«, meinte der Doktor.

Wirklich. Der Postbote hatte sich um mindestens zwei Stunden verspätet. Aber Hauptsache, er kam überhaupt – und brachte den ersehnten Brief von Sonja mit.


Rein zufällig beobachtete Dr. Katja König, wie Bruno Bauer über das schmiedeeiserne Eingangstor hinweg einen Stapel Briefe von einer jungen Postbotin entgegennahm. Für einen der Umschläge musste er gegenzeichnen, das sah die Ärztin genau. Vom Praxisfenster aus hatte sie einen hervorragenden Überblick über den Vorplatz der Villa. Wenn sie den Kopf noch etwas weiter ins Freie streckte, konnte sie sogar einen Teil der Rosenhecke erspähen, die den neu gestalteten Gartensitzplatz auf der Südseite umsäumte – und

Rosi, wie sie zwischen zwei Apfelbäumen frisch gewaschene Küchentücher zum Trocknen aufhängte.

Für die Vorbereitungen des Verlobungsfestes hatte die Haushälterin ihren üblichen Samstagvormittagstermin ausfallen lassen. Das bedeutete eine ganze Menge, wo ihr doch so viel an ihrem kleinen Verkaufsstand auf dem Wochenmarkt lag. Ihre gesammelten und getrockneten Heilkräuter fanden dort reißenden Absatz – ganz zur Verärgerung von Katja Königs Vater, der nach alter Medizinerauffassung überhaupt nichts von alternativen Heilmethoden hielt, was zwischen ihm und der Haushälterin regelmäßig zu Diskussionen führte. Meist gipfelten diese leidenschaftlich geführten Auseinandersetzungen darin, dass er sie eine Kräuterhexe nannte und sie ihm im Gegenzug seine geliebten Tabakpfeifen versteckte.

Lächelnd löste Dr. Katja König den Blick von der Grauhaarigen und schaute erneut zur rechten Seite, wo Bruno immer noch, zusammen mit der Postbotin, beim Tor stand. Was hatten die beiden bloß so lange miteinander zu bereden? Hätte die Ärztin nicht einen Patienten erwartet, wäre sie zu ihnen hinausgegangen.

Diese Konsultation noch, dann war Schluss. Dann begann auch für sie das Wochenende. Die zurückliegenden Tage hatten der Siebenunddreißigjährigen viel abverlangt. Das war immer so, wenn der Professor außerhalb der Klinik weilte. Dann lag die gesamte Verantwortung für die chirurgische Abteilung bei ihr, weswegen sie kaum je vor ein Uhr morgens ins Bett gekommen war. Gut nur, dass Ludwig Winter am Montag von seinem Segeltörn zurückkehrte, es war wirklich an der Zeit. Praxis, Oberarztstelle und dann noch die Stellvertretung des Professors waren einfach zu viel für eine einzige Person.

Nicht einmal an Pauls Geburtstagsparty hatte Katja König teilnehmen können. Sie hatte stattdessen bis tief in die Nacht im Operationssaal gestanden. Umso höher rechnete sie es dem Elfjährigen an, dass er ihr dennoch ein Stück Schokoladenkuchen zur Seite gestellt hatte. Das war dann – irgendwann nach Mitternacht, als sie völlig erschöpft nach Hause gekommen war – ihr Abendessen gewesen.

Na, endlich! Es schien, als hätten Bruno Bauer und die Postbotin ihr Gespräch beendet. Jedenfalls schloss sie die Lasche ihrer Fahrradtasche und schob den Drahtesel an – aber nein, sie tat dies nur, damit der Mann hinter ihr das Gartentor öffnen konnte.

Das musste der verletzte Daumen sein. Die Frau des Patienten hatte kurz zuvor mit Rosi telefoniert und erzählt, dass ihr Gatte bei dem Versuch, den eingeschalteten Toaster zu reparieren, sich eine Verbrennung zugezogen habe. Fragte sich nur, warum die Hand nicht mit einem Tuch oder sonst was umwickelt war, wie von Dr. König empfohlen worden war.

Hoffentlich hatte der Mann den Finger wenigstens ausgiebig gekühlt, ehe er sich auf den Weg gemacht hatte. Nicht mit Eis, das konnte Erfrierungen verursachen, selbst dann, wenn der Finger eingepackt war. Am geeignetsten zur Schmerzlinderung bei kleinflächigen Verbrennungen war normales Leitungswasser. Bloß kein Mehl oder Öl, das machte alles nur noch schlimmer und führte dazu, dass die tieferen Zellschichten keine Wärme mehr abgeben konnten.

Die Ärztin schloss das Fenster. Sie wollte den Patienten gleich zu sich ins Sprechzimmer lotsen. Die Wunde musste gereinigt und desinfiziert werden, vor allem, wenn sich eine Brandblase gebildet hatte, die geplatzt war.

Auf alles gefasst, betrat Dr. König die angrenzende Küche, welche zugleich als Wartezimmer diente. Bis zu zehn Patienten fanden am Holztisch in der Mitte des Raumes Platz, von Rosi stets mit dem neuesten Klatsch und je nach Jahreszeit mit heißen oder kalten Getränken versorgt.

Unglaublich, was die Haushälterin hier im Verlauf des Vormittags alles für das Probe-Buffet zusammengetragen hatte – und wie perfekt ihr die rosa Glasur auf den gefüllten Mürbeteigtalern gelungen war. Schon als kleines Mädchen hatte Katja diese nach uralter Rezeptur hergestellten Kekse allen anderen Naschereien vorgezogen.

Den Duft von geriebener Zitronenschale in der Nase, senkte sie den Kopf zum Tisch, so dass ihr blonder Pferdeschwanz über die linke Schulter baumelte. Für einen kurzen Moment schloss sie die Augen und fühlte sich um Jahrzehnte zurückversetzt, sah ihre ungelenken Kinderhände Himbeermarmelade zwischen goldbraune Flächen auftragen, während Rosi aus Puderzucker und Rote-Bete-Saft die Glasur anrührte…

Sogar in die USA hatte Rosi ihr die Plätzchen nachgeschickt, wobei sie zu Hause am besten schmeckten, fand Katja König und langte erneut zu. Sie hatte sich eben das zweite Biskuit in den Mund geschoben, als auch schon der Patient durch die Küchentür kam.

»Geht es hier zu Doktor König?«

Den Mund noch voller Kekse, nickte die Ärztin nur.

»Ist das alles?«, giftete der Mann sie an. »Ich brauche dringend ärztliche Hilfe, und Sie halten es nicht einmal für nötig, mit mir zu reden!«

Die Hand vor den Mund haltend, bat die Angesprochene um einen Augenblick Geduld.

Der Patient wollte aber nicht warten. »Eine Arzthelferin, die lieber Kekse isst, als Patienten zu empfangen, hat ihren Job verfehlt!«

Hätte sie den Taler bereits geschluckt gehabt, wäre es Dr. König eine Freude gewesen, eine spitze Bemerkung über wehleidige Männer fallen zu lassen. Solche, die sich wegen einer Kleinigkeit aufführten, als wären sie vital gefährdet. Bruno Bauer war ganz ähnlich. Wenn er mal was hatte, einen leichten Schnupfen oder so, dann räumte er gleich die ganze Hausapotheke leer, um nicht leiden zu müssen.

Zugegeben, ein im Toaster eingeklemmter und angerösteter Daumen war ungleich schmerzhafter als eine triefende Nase, rechtfertigte jedoch noch lange nicht das Verhalten, das der Patient gegenüber der vermeintlichen Arzthelferin an den Tag legte. Mit abschätzigem Blick schaute er Katja König zu, wie sie sich unter dem Wasserstrahl die Hände wusch, während sie zu Ende aß.

»Möchten Sie den Daumen vielleicht noch einmal etwas kühlen?«, fragte die Ärztin, bevor sie den Hahn abdrehte. »Ich trockne mir inzwischen die Finger ab, dann schaue ich mir die Wunde an.«

Daumen? Wunde? »Ich bin wegen etwas ganz anderem da!«

»Ach ja?« Dr. König schlug das Terminbuch auf. »Wie ist denn bitte Ihr Name?«

»Der steht da nicht drin. Ich habe keinen Termin. Es handelt sich um einen Notfall.«

»Sie sind zum ersten Mal hier?«

»Ja«, schnaufte der Mann genervt. »Was wollen Sie denn noch alles wissen? Sagen Sie besser dem Doktor Bescheid.«

»Das brauche ich nicht. Ich bin der Doktor. Gestatten: Katja König.«

Der Patient brauchte ein paar Sekunden, um zu seiner Sprache zurückzufinden. »Sind Sie nicht etwas zu jung für eine promovierte Ärztin? Entschuldigen Sie meine Skepsis, aber bevor ich mich Ihnen anvertraue, möchte ich ganz gerne Ihre Approbation sehen.«

Katja König, die davon ausging, dass ihr Gegenüber einen misslungenen Witz gemacht hatte, lächelte anstandshalber. Guter Humor war das jedenfalls nicht, eher eine vertrocknete Pointe aus dem Mund eines farblosen Mittfünfzigers. Mit ausgestrecktem Arm wies sie ihm den Weg zum großen Salon. Aber statt weiterzugehen, blieb der Patient wie angewurzelt in der Küche stehen.

»Ich habe es durchaus ernst gemeint«, erklärte er mit scharfem Unterton in der Stimme.

Dr. Katja König schluckte leer. So etwas war ihr noch nie untergekommen. Dass unwissende Besucher sie in der Klinik für eine Krankenschwester hielten, kannte sie schon, aber nicht, dass jemand ihre Fähigkeiten als Ärztin so offen anzweifelte. Wahrscheinlich wollte der Mann auch noch ihr altes Schulzeugnis sehen, um zu schauen, ob sie zum Hochschulstudium berechtigt gewesen war.

»Hören Sie, Herr…«

»Gander. Frederik Gander«, sagte er und verbeugte sich ansatzweise.

Zu der braunen Flanellhose trug er ein korrekt gebügeltes Baumwollhemd, und um seinen Hals baumelte eine etwas zu breite, blaue Krawatte. Solche Teile hatte man in den Siebzigern getragen. Da musste Frederik Gander noch reichlich jung gewesen sein. Damals hatte er bestimmt auch noch mehr Haare auf dem Kopf gehabt. Die wenigen grauen Strähnen, die ihm kranzförmig geblieben waren, hatte er sich über die Glatze gekämmt.

Was ihm wohl fehlte? Wirklich krank sah er nicht aus. Er wirkte höchstens ein bisschen blass um die Nase. Dr. König war gespannt darauf, mehr über seine Beschwerden zu erfahren – sofern er ihr überhaupt etwas erzählen wollte. Denn dass sie ihm ihre Zeugnisse vorlegte, kam für die Ärztin überhaupt nicht in Frage. Das wäre ja, als würde man einen Linienpiloten beim Einsteigen ins Flugzeug erst mal um seinen Flugschein bitten. Entweder Frederik Gander vertraute ihr, oder er würde eine andere Praxis aufsuchen müssen.

»Es gibt genügend Ärzte in der Gegend«, so Dr. König. Dann machte sie sich demonstrativ daran, den weißen Kittel ihres Vaters aufzuknöpfen. Weil er ihr um zig Nummern zu groß war, hatte sie die Ärmel mehrfach aufgerollt. Zugegeben, das machte keinen sonderlich professionellen Eindruck, aber eine solche Nebensächlichkeit konnte doch nicht dazu führen, dass ihr Wissen und ihre Fähigkeiten in Frage gestellt wurden.

»Sie können wählen, Herr Gander: Entweder wir begeben uns jetzt zusammen ins Sprechzimmer, oder Sie verlassen dieses Haus. Ich habe eine anstrengende Woche in der Klinik am Park hinter mir – und mein Wochenende redlich verdient!«

Die Klinik am Park schien Frederik Gander ein Begriff zu sein. Nicht umsonst war das Krankenhaus weit über die Stadtgrenzen hinaus als erstklassige Adresse mit bestem Fachpersonal bekannt.

»Sie sind auch noch Ärztin in der Klinik am Park?«, erkundigte er sich ehrfurchtsvoll. »In *der* Klinik am Park?«

»Ich glaube, es gibt nur ein Krankenhaus dieses Namens hier in der Umgebung«, erwiderte Katja König freimütig.

»Darf ich fragen, in welchem Bereich Sie tätig sind?«

»Chirurgie. Ich bin Oberärztin bei Professor

Ludwig Winter, falls Ihnen der Name etwas sagt.«

Erneut beugte sich der Mann mit durchgedrücktem Rücken leicht nach vorne. »Das wusste ich nicht«, sagte er, als hätte ihm Katja König eben eröffnet, dass sie die Kaiserin von China wäre. »Ich hoffe, Sie akzeptieren meine aufrichtige Entschuldigung, Frau Doktor. Ich bin manchmal etwas zu vorsichtig. Aber man liest in den Zeitungen so viel von falschen Ärzten – und jetzt, mit dem Tumor im Kopf...«

Ein Tumor? Ob Frederik Gander bewusst sei, was er da eben gesagt habe. Ein Hirntumor sei schließlich eine sehr ernste Angelegenheit, meinte die Ärztin.

»Das weiß ich«, raunte der Patient. »Deshalb bin ich ja hier. Sie müssen mir helfen! Diese Kopfschmerzen, sie werden immer schlimmer!«

Dr. König legte dem Patienten beruhigend die Hand auf die Schulter. »Kopfschmerzen allein müssen noch lange nicht auf einen Tumor hinweisen«, sagte sie. »Warum setzen wir uns nicht erst einmal hin, und Sie erzählen mir, wann und wie sich die Schmerzen äußern?«

Willig ließ sich Frederik Gander auf dem Sofa nieder, das auch Katjas Vater immer gebrauchte, um sich mit seinen Patienten zu unterhalten, ehe er sie körperlich untersuchte.

Die Knie aneinandergedrückt, die Ellbogen parallel auf die Oberschenkel gelegt, begann der Patient zu erzählen: »Ich lebe gar nicht weit von hier. Ich arbeite in der Stadt, in einem Immobilienbüro. Aber das tut nichts zur Sache. Die Kopfschmerzen begleiten mich schon seit langem.«

Dr. König wollte wissen, wie stark die Schmerzen waren: »Leicht, mittel oder schwer?«

»Mittel.«

»Und wann treten sie vorwiegend auf?«

»Abends. Manchmal auch in der Früh, aber eigentlich schon eher abends.«

Die Ärztin nickte und machte sich Notizen.

Angstvoll blickte Frederik Gander zu ihr hinüber. Dass sie so ein ernstes Gesicht machte, konnte nichts Gutes bedeuten. Und dann diese Frage nach seinen Lebensumständen – was bezweckte Dr. König damit?

»Ich versuche, möglichst viel über Sie zu erfahren, Herr Gander. Je mehr ich weiß, umso eher kann ich mir ein Bild von Ihnen machen und die Ursache Ihrer Kopfschmerzen herausfinden.«

»Es ist ein Tumor, glauben Sie mir, Frau Doktor. Die bösartigen Zellen drücken bereits auf die

Nackenwirbel. Deshalb beginnen die Schmerzen auch immer dort und ziehen sich dann über den ganzen Kopf weiter.«

»Ist eine Kopfhälfte stärker betroffen als die andere?«

»Nein. Der Schmerz breitet sich jeweils ganzflächig aus.«

Ob er Schmerzmittel nehme, erkundigte sich die Ärztin.

»Schmerzmittel?«, wiederholte der Patient ungläubig. »Die schlagen mir auf den Magen. Außerdem hemmen sie das Wachstum des Tumors ohnehin nicht. Ich spüre förmlich, wie die Kopfschmerzen täglich stärker werden. Sie müssen rasch etwas tun, Frau Doktor, bevor es zu spät ist!«

Vorerst tastete Dr. König den Kopf des Patienten ab, untersuchte seine Lymphknoten, schaute ihm in die Ohren, ließ sich seine Zunge zeigen. Außer einer angeborenen Verengung der linken Ohrmuschel, die jedoch weiter keine Folgen hatte, konnte die Ärztin nichts feststellen. Dennoch wollte sie ihn vorsichtshalber zu einer Kernspintomografie anmelden.

»Die Untersuchung wird im Krankenhaus durchgeführt, tut aber überhaupt nicht weh. Man schiebt Sie für etwa dreißig Minuten in eine Art Röhre. Dabei werden dreidimensionale Bilder von Ihrem Kopf angefertigt, die zeigen, ob tatsächlich eine Veränderung im Gewebe vorliegt.«

Frederik Gander befand den Vorschlag für gut. »Dann weiß ich wenigstens, wie lange ich noch zu leben habe.«

»So sollten Sie nicht denken, Herr Gander. Noch können wir davon ausgehen, dass es sich bei Ihren Schmerzen um ganz normale Spannungskopfschmerzen handelt, wie Millionen von Menschen sie haben. Aber warten wir ab, die Kernspintomografie wird Aufschluss geben.«

»Und wenn es doch Krebs ist?« Aus seinen weit aufgerissenen Augen sprach pure Angst. »Was dann?«

»Machen Sie sich nicht unnötig verrückt«, riet Katja König dem Patienten. »Ich werde mich dafür einsetzen, dass Sie so rasch wie möglich einen Untersuchungstermin bekommen. Danach wissen wir mehr. Bis dahin rate ich Ihnen zu entspannenden Spaziergängen in der freien Natur. Frische Luft und leichte Bewegung können bei Kopfschmerzen Wunder wirken.«

Frederik Gander warf ein, dass er seine Knie schonen müsse, weil er Gicht habe.

»Dann setzen Sie sich auf eine sonnige Park-
bank und lesen ein Buch«, empfahl Dr. König.
»Das sonnige Wetter bietet sich ja dazu an.«

In der Tat hätte der Himmel nicht blauer und
die Sicht nicht klarer sein können, weswegen
Rosi sich kurzerhand entschloss, das Essen nach
draußen zu verlegen. Emsig wie eine Biene trug
sie nacheinander Platten und Schüsseln hinters
Haus, zuletzt die Hochzeitspastete. Letztere leider ohne die Zugabe von Schwarzwälder Schinken, dafür mit zwei Herzen aus Teig, die auf dem
Deckel prangten. Zum Glück war dies nur ein
Probedurchlauf. Es spielte demzufolge auch keine große Rolle, dass die ineinandergeflochtenen
Herzen beim Backen auseinandergefallen waren.

Völlig umsonst bemühte sich Rosi, die Stelle
mit Petersilie und einer halben Cherrytomate
abzudecken – bei Tisch nahm von dem kleinen
Schönheitsfehler ohnehin niemand Notiz. Paul
nicht, dem es nur darum ging, möglichst rasch
mit Mini weitere Kunststücke einüben zu können; der Doktor nicht, der nach der ausgiebigen
Weinverkostung kaum noch Appetit verspürte,

und Katja erst recht nicht, hatte sie doch eben erfahren, dass Professor Winter wegen eines Motorschadens an seiner Segeljacht nicht vor Mitte der folgenden Woche zurückkehren würde.

Bruno Bauer hätte ihr das Telegramm besser erst am Nachmittag gegeben, so wie er überhaupt damit hätte warten sollen, die Post durchzuschauen. Dann hätte er wenigstens noch in Ruhe das Essen genießen können, ohne sich den Kopf darüber zu zerbrechen, weshalb Pauls letzter Brief an seine Mutter ungeöffnet an den Absender zurückgekommen war – und das ausgerechnet an einem Samstag, wo die Kontaktstelle der Hilfsorganisation, für die Sonja arbeitete, nur mit einer schlecht informierten Praktikantin besetzt war.

Immerhin hatte die junge Dame versprochen, beim für Zentralafrika zuständigen Koordinator eine Nachricht zu hinterlassen, wonach dieser möglichst rasch telefonischen Kontakt mit Bruno Bauer aufnehmen sollte. Deshalb auch das Handy neben Bruno Bauers Wasserglas – etwas, was normalerweise in der Fabrikantenvilla höchst verpönt war. Aber hier ging es schließlich um das Wohl von Pauls Mutter, auch wenn der Junge als Einziger am Tisch nichts davon wusste.

Bruno wollte erst mit ihm reden, nachdem er mit dem Koordinator gesprochen hatte. Es machte keinen Sinn, den Jungen in Unruhe zu versetzen, wenn man noch gar nichts wusste.

Unter Umständen gab es für alles eine ganz einfache Erklärung, waren Bruno Bauers Sorgen einzig auf eine unglückliche Verkettung dummer Zufälle zurückzuführen, gab es überhaupt keinen Grund dafür, dass er das gute Essen unangetastet stehen ließ.

Wenigstens den Tomatenkuchen hätte er probieren können, um seine Meinung abzugeben. Katja König fand den beigefügten Rosmarin lecker, der Doktor hingegen wünschte sich den Kuchen »ohne dieses ewige Grünzeugs«. Dabei hatte Rosi seinetwegen bereits darauf verzichtet, frischen Schnittlauch und Petersilie in die Füllung zu geben.

Wäre es nach Dr. Bernd König gegangen, hätte das Buffet ohnehin nur aus Schweinebraten und Knödeln bestanden – und einem großen Topf mit Sahnesauce. Als ob er nicht ganz genau wusste, dass ihm fettes Essen schadete. Anscheinend war ihm seine Gesundheit jedoch egal, legte er es darauf an, erneut auf der Intensivstation der Klinik am Park zu landen.

Wie konnte ein erwachsener Mensch, zumal noch Arzt von Beruf, so gleichgültig sein? Seit dem Tag, an dem Rosi nach dem Kindbett-Tod von Katjas Mutter zu dem Doktor und dem Baby in die alte Fabrikantenvilla gekommen war, predigte sie ihm stets dasselbe: mehr Früchte und Gemüse, weniger Rotwein und vor allem Schluss mit dem Rauchen. Alles umsonst.

Selbst ins Krankenhaus hatte sich Bernd König seine Tabakpfeife verbotenerweise bringen lassen, um darauf herumzukauen. Seitdem er aus der Kur zurück war, schien es der Haushälterin sogar, als paffte der Doktor noch mehr als je zuvor. Er war wie ein Schornstein, aus dem unentwegt Rauch aufstieg.

Im Prinzip hätte Rosi ihre Ermahnungen der letzten dreißig Jahre auch Wänden predigen können, es wäre nicht weniger dabei herausgekommen. Bernd König wollte einfach nicht auf sie hören. Manchmal erschien es ihr sogar, dass er umso unvernünftiger war, je mehr sie ihn ermahnte. Deswegen hatte sich die Fünfundsechzigjährige vorgenommen, fortan öfters mal den Mund zu halten – auch wenn ihr das unendlich schwerfiel, so wie an diesem Samstagmittag.

Denn als hätte der Doktor im Keller nicht

schon genug getrunken, wollte er nun auch noch ein Gläschen von dem Williamswasser verkosten, das Rosi tags zuvor beim Bauern gekauft und nur der schönen Flasche wegen auf das improvisierte Buffet gestellt hatte.

»Muss das sein?«, fragte sie, während er sich daranmachte, die Flasche mit seinem Taschenmesser zu öffnen. Weiter kam sie nicht, weil in dem Augenblick, als der Korken aus dem engen Flaschenhals sprang, das Telefon klingelte.

Außer Paul, der Mini zu seinen Füßen die Teller ausschlecken ließ, starrten alle am Tisch gebannt auf Bruno Bauers Mobiltelefon. Es war der Koordinator der Hilfsorganisation. Was für ein Glück, dass die Praktikantin ihn trotz des Wochenendes hatte auftreiben können. Wenn jemand etwas über den Verbleib von Sonja wusste, dann er.

Während Bruno Bauer das Gerät an sein Ohr führte, hoffte Rosi inständig, dass der Anrufer Entwarnung geben konnte. Soweit die Haushälterin informiert war, hielt sich der Mann immer wieder selbst für längere Zeit in Zentralafrika auf. Er kannte die Umstände dort wie kein anderer.

»Hier Bruno Bauer.«

Nicht nur Rosi, auch Katja König und der Doktor hingen förmlich an Brunos Lippen. Dass sie nicht mehr bebten, war ein gutes Zeichen. Aber warum schüttelte er plötzlich mit halb geschlossenen Augen den Kopf und ließ daraufhin das Telefon sinken?

»Es...« Bruno musste sich erst ausgiebig räuspern, ehe er weitersprechen konnte. Eine Erklärung folgte dann aber nicht mehr, weil in der Zwischenzeit ein weiterer Anruf einging, diesmal auf dem Festnetzanschluss der alten Fabrikantenvilla.

Katja König, die als Erste realisierte, was los war, sprang auf, um das portable Telefon von der nahen Gartenmauer zu holen, wohin sie es zu Beginn des Essens gelegt hatte.

»König.«

»Gut, dass Sie selbst dran sind, Frau Doktor: Ich warte immer noch auf die Bekanntgabe des Termins. Sie haben doch hoffentlich nicht vergessen, mich für diese Untersuchung in der Röhre anzumelden?«

»Natürlich nicht, Herr Gander«, erwiderte Katja König, während sie sich einige Schritte vom Tisch entfernte. Längst hatte sie mit dem Radiologen der Klinik am Park gesprochen und ihn gebeten, für Montagmorgen einen Termin zu machen, damit die Ursachen von Frederik Ganders Beschwerden rasch abgeklärt werden könnten.

Dem Patienten war Montag jedoch zu spät, viel zu spät. »Ich habe damit gerechnet, heute noch untersucht zu werden.«

»Heute ist Samstag«, gab Dr. König zu bedenken. »Am Wochenende werden in der Radiologie nur Notfälle angenommen.«

»Ich *bin* ein Notfall! Was, wenn übers Wochenende der Tumor platzt? Dann tragen Sie die Schuld an meinem Tod! Sie und dieser Radiologe, der lieber seine freien Tage genießt, als ein Menschenleben zu retten.«

Die Ärztin konnte beim besten Willen nicht mehr für den aufgebrachten Patienten tun, als ihn erneut zu bitten, sich nicht unnötig Sorgen zu machen – »ich habe Ihnen ja heute Morgen in der Praxis schon gesagt, dass es sich durchaus um Spannungskopfschmerzen handeln könnte. Diese sind zwar äußerst lästig, aber harmlos. Wenn Sie möchten, können Sie heute Nachmittag nochmals kurz vorbeikommen, dann gebe ich Ihnen ein Mittel gegen die Schmerzen, so dass Sie übers Wochenende nicht unnötig leiden müssen.«

Frederik Gander wusste nicht, ob er das schaffte. »Im Moment fühle ich mich zu schwach, um das Haus zu verlassen.«

»Ich kann Ihnen das Medikament auch vorbeibringen. Wir gehen heute Nachmittag sowieso noch mit dem Hund spazieren.«

»Sie wollen zu mir kommen? In meine Wohnung? Auf gar keinen Fall! Bei mir ist überhaupt nicht aufgeräumt.«

Für die Ärztin kein Problem. »Dann werfe ich das Medikament eben in Ihren Briefkasten.«

Nein, Frederik Gander wollte nicht, dass Dr. König sich seinetwegen Umstände machte. »Lassen Sie es gut sein, es ist ja nicht das erste Mal, dass es mir schlecht geht. Ich werde mich jetzt ins Bett legen, die Fensterläden schließen und ein wenig zu schlafen versuchen.«

Abschließend erkundigte sich der Anrufer, ob Dr. König am Montag bei der Untersuchung ebenfalls anwesend sein würde – »es wäre mir sehr wichtig. Ich fühle mich in Krankenhäusern nämlich immer sehr unwohl und irgendwie verloren.«

Die Ärztin zögerte mit der Antwort. Die Vormittage verbrachte sie in der Regel in der Praxis. Andererseits hatte ihr Vater bereits mehrmals durchblicken lassen, dass er sich gesund genug fühlte, um hin und wieder in den Arztkittel zu schlüpfen. Kam hinzu, dass ihr die zusätzliche Zeit in der Klinik äußerst gelegen käme – jetzt, wo klar war, dass der Professor nicht vor Mittwoch zurückkehrte.

Allerdings wusste Dr. König zum Zeitpunkt des Gesprächs mit Frederik Gander noch nicht, dass sich Ludwig Winters Rückkehr nicht nur um drei Tage, sondern um eine ganze Woche verzögerte und dass sie selbst während dieser Zeit quasi rund um die Uhr im Einsatz stünde, sogar am Tag ihrer geplanten Verlobung mit Bruno Bauer.

Doch wegen der Ereignisse um Sonja war das anstehende Fest ohnehin kein Thema am Mittagstisch, umso weniger, als der Koordinator der Hilfsorganisation auch nicht spontan sagen konnte, wo genau sich Pauls Mutter aufhielt. Fest stand nur, dass Sonja in die Hauptstadt gereist war, wo sie ihre Papiere erneuern lassen wollte. Anscheinend hatte sie sich entschieden, noch ein weiteres Jahr als Lehrerin in Zentralafrika zu bleiben. Einzelheiten wollte der Afrika-Experte so rasch wie möglich über Funk in Erfahrung bringen, denn telefonieren war auch ihm nicht möglich, nachdem in Sonjas Dorf ein Blitz eingeschlagen und die Telefonleitungen lahmgelegt hatte.

Beruhigend immerhin die Tatsache, dass neben Pauls Brief noch weitere Umschläge ungeöffnet zurückgekommen waren, auch solche mit anderen Empfängern. Bruno Bauer hielt an der Annahme fest, dass beim Zoll wohl etwas schiefgelaufen sein musste. Das konnte ja wirklich mal passieren, bei so vielen Sendungen täglich.

»Darauf lasst uns anstoßen«, schlug Bernd König vor. Er hatte in der Zwischenzeit vier kleine Schnapsgläser gefüllt. »Auf die schlampigen Ämter und darauf, dass sich beim nächsten Anruf des Koordinators auch noch der Rest dieser leidigen Geschichte in Wohlgefallen auflösen wird!«

Als Wohlgefallen konnte man indes kaum bezeichnen, was Bruno Bauer keine fünf Stunden später erfahren sollte: Sonja hatte sich Anfang der Woche tatsächlich in die von ihrer Schule rund sechshundert Kilometer entfernte Hauptstadt begeben – mit einem kleinen Flugzeug, das regelmäßig sogenannte Taxiflüge durchführte.

Zufälligerweise hatte sich der Direktor der Dschungelschule ebenfalls in dem Flieger befunden, sogar neben Sonja gesessen und sich während des neunzigminütigen Fluges mit ihr unterhalten. Anscheinend war sie guter Dinge gewesen. Sie hatte erzählt, dass sie sich für eine Nacht in ein Hotel hatte einmieten wollen, um noch einmal den Luxus von fließendem Wasser zu genießen. Der Direktor hatte ihr dann ein entsprechendes Haus empfohlen, doch angekommen war Sonja dort nie. Auch auf dem Konsulat war sie nie aufgetaucht, um ihre Papiere verlängern zu lassen. Dabei war dies der eigentliche Grund ihrer Reise gewesen.

Nun fragte der Koordinator der Hilfsorganisation, ob Sonja jemand war, der immer wieder seine Pläne über den Haufen warf, um etwas ganz anderes zu tun – »ich kenne genügend solcher Leute. Mein bester Freund, zum Beispiel, hat seinen Urlaub in Alaska gebucht. Erst auf dem Weg zum Flughafen fiel ihm ein, dass er eigentlich keine Kälte mag. Schließlich flog er mitsamt seinen Winterklamotten nach Thailand.«

Bruno Bauer lächelte schwach. Eine nette Geschichte, aber nein, so war Sonja nicht, nie gewesen. Wäre sie nach Alaska gereist, hätte sie mindestens ein halbes Jahr zuvor begonnen, sich auf den Trip vorzubereiten, alle verfügbaren Reiseführer durchgearbeitet und kein noch so winziges Detail dem Zufall überlassen. Wahrscheinlich hätte sie sogar ihre Zahncreme auf Kältetauglichkeit überprüft. Das war Sonja, eine Perfektionistin durch und durch, bis hart an der Grenze zur Pedanterie. Undenkbar, dass sie eine spontane Kehrtwende vorgenommen hätte – »so etwas passt ganz einfach nicht zu meiner Ex-Frau.«

»Tja«, tönte es am anderen Ende der Leitung. »Tja« mit der Bedeutung von »das hört sich nicht gut an«.

»Sagen Sie mir, was Sie wissen«, flehte Bruno Bauer. »Egal, was es ist, ich muss die Wahrheit erfahren!«

»Es ist noch überhaupt nichts bestätigt«, so die ausweichende Antwort des Gesprächspartners. »Im Moment ist es nur ein Gerücht … jemand vom Außenministerium hat es mir zugetragen … angeblich soll beim Botschafter eine mündliche Lösegeldforderung eingegangen sein.«

Eine Lösegeldforderung? »Heißt das, Sonja ist entführt worden?«

Erneut gab sich der Koordinator bedeckt. »Wir tappen selbst noch im Dunkeln. Ich hoffe, Ihnen morgen mehr sagen zu können. Bis dahin wäre es gut, wenn Sie die Angelegenheit möglichst für sich behalten könnten, auch wegen der Medien. Was weiß Ihr Sohn?«

Bruno Bauer hatte am Abend mit ihm reden wollen.

»Es ist bestimmt besser, Sie warten damit noch zu. Ich verspreche Ihnen, Sie im Laufe des Sonntags zu Hause anzurufen.«

»Danke«, stammelte der Verwaltungsdirektor der Klinik am Park, unfähig, ein Wort des Abschieds an den Anrufer zu richten.

Katja König, die neben Bruno auf dem Sofa des Praxisraumes saß, nahm den Hörer an sich und drückte die Aus-Taste. Anders als der Koordinator war sie der Meinung, dass man Paul über die Situation aufklären müsse. »Er hat ein Recht darauf zu erfahren, was los ist. Darüber hinaus hast du ihm für morgen einen Ausflug versprochen. Der Junge wird nicht verstehen, weshalb wir nun plötzlich zu Hause bleiben.«

Bruno Bauer wollte Bernd und Rosi bitten, etwas mit Paul zu unternehmen. »Ich werde ihnen gegenüber vorgeben, dringend in die Klinik zu müssen. Es wäre schließlich nicht das erste Mal, dass an einem Sonntag der Server kollabiert.«

»Das ist gelogen!«, empörte sich die Ärztin, und ihre smaragdgrünen Augen funkelten.

»Eine Notlüge«, präzisierte Bruno. »Die sei mir zum Wohle des Jungen verziehen.«

Wenn nur schon alles vorüber gewesen wäre. Mit jedem Zentimeter, den er weiter vorwärtsgeschoben wurde, schnürte sich sein Hals mehr zu, glaubte er, ersticken zu müssen. Den Kopf auch nur etwas anheben zu können, das wäre schon eine Wohltat gewesen. Doch es ging nicht. Denn zwischen der Nasenspitze und der Röhre war gerade mal Platz für eine Hand.

Sein rechter Zeigefinger tastete nach dem Alarm, berührte den Knopf nur leicht, ohne ihn auszulösen. Er durfte nicht schon wieder klingeln, das wäre dann das fünfte Mal hintereinander gewesen. Irgendwann würde nicht nur der Radiologe, sondern auch Dr. König die Geduld verlieren. Denn bei jedem Abbruch musste wieder von vorne begonnen werden, was unnötig Zeit in Anspruch nahm und die Warteschlange vor der radiologischen Abteilung immer länger werden ließ.

Frederik Gander war überzeugt, dass der Radiologe die Untersuchung längst abgebrochen und auf einen anderen Tag verlegt hätte, wäre Dr. König nicht gewesen, die auf einer Weiterführung der Untersuchung bestand. Ihrer Intervention war es zu verdanken, dass dieser fünfte Versuch überhaupt stattfand. Zuvor hatten die Ärzte den Patienten noch einmal angehalten, ruhig zu bleiben und tief durch die Nase ein- und durch den Mund wieder auszuatmen.

»Ganz ruhig ein- und ausatmen«, hörte er die Ärztin über die Gegensprechanlage sagen. »Ein und aus. Ein und aus.«

Dem Rhythmus ihrer Stimme folgend, beruhigte sich Frederik Gander zusehends. Sein rechter Zeigefinger löste sich vom Alarmknopf, es gelang ihm sogar, die Augen zu schließen, während das Gerät unter beträchtlichem Lärm Bilder von seinem Kopf anfertigte. Irgendwann war der Patient so entspannt, dass er einschlief – übers Mikrophon als leises Schnarchen hörbar.

»Ich dachte schon, wir müssten ihm beim nächsten Anlauf ein Schlafmittel spritzen«, sagte der Radiologe, der neben Dr. Katja König am Schaltpult saß und durch eine verglaste Wand hindurch das Verfahren steuerte.

»Diesmal klappt es«, war Dr. König überzeugt,

lehnte sich auf dem Stuhl zurück und schlug unter dem weißen Kittel ihre schlanken Beine übereinander. Obwohl sie selbst noch nie in einer solchen Röhre gelegen hatte, konnte sie Frederik Ganders Ängste gut nachvollziehen. Es musste einem erscheinen wie in einen Käfig gesperrt.

»Aber doch nur für begrenzte Zeit«, meinte der Radiologe.

»Dreißig Minuten können eine Ewigkeit sein«, gab Katja König zu bedenken. »Stellen Sie sich vor, Sie würden für eine halbe Stunde in einem Aufzug feststecken. Hätten Sie dann nicht auch den Eindruck, es dauerte ewig, bis Hilfe kommt?«

Kopfschüttelnd schaute der Arzt zu seiner Kollegin hinüber und fragte sie, ob sie eigentlich immer alle Leute zu verstehen versuchte.

»Ich bemühe mich darum«, gestand Dr. König. »Denn irgendwie hat doch jeder gute Gründe für sein Handeln – und die versuche ich aufzudecken, um darauf eingehen zu können.«

Der Radiologe, ein gut aussehender Mann in Bruno Bauers Alter, nickte anerkennend. »Weiß unser Verwaltungsdirektor eigentlich, mit welch toller Frau er sich am nächsten Samstag verlobt?«

Katja König zuckte mit den Schultern und zog es vor, auf diese Frage zu schweigen, denn die Verlobung war auf unbestimmte Zeit verschoben worden. Es war nicht anders gegangen, nachdem ihnen mitgeteilt worden war, dass es sich bei dem Entführungsopfer in Zentralafrika mit größter Wahrscheinlichkeit um Sonja Bauer handelte. Touristen hatten in der Nähe des Marktes beobachtet, wie eine europäisch aussehende Frau von zwei Leuten in einen Wagen gezerrt worden war.

Noch wusste außer Katja und Bruno niemand davon. Die Ärztin und der Verwaltungsdirektor hatten sich vorgenommen, die Familie nach Dienstschluss zu informieren. Am Vorabend war es zu spät gewesen: Rosi, Bernd und Paul waren von ihrem Ausflug ins Moorgebiet erst nach zwanzig Uhr zurückgekehrt, müde und hungrig zugleich.

Die Ärztin hoffte bloß, dass ihrem Vater die Fahrt nicht zu viel geworden war, so dass er an diesem Vormittag die Sprechstunde in der alten Fabrikantenvilla durchführen konnte. Schließlich war er nicht mehr der Jüngste und bis vor kurzem noch schwer krank gewesen.

Entgegen den Befürchtungen seiner Tochter spürte Bernd König an besagtem Montagmorgen weder sein Alter noch den Darmkrebs, der seines
Erachtens für immer und ewig besiegt war. Als
wäre er nie weg gewesen, schon gar nicht drei
Monate lang, setzte er sich nach dem Frühstück
an den Schreibtisch im großen Salon, um die Ak-
ten der für diesen Vormittag angemeldeten Patienten zu sichten.

Dabei wollte er ein wenig auf dem Mundstück einer kalten Pfeife herumkauen, wie er dies
im Krankenhaus gern getan hatte – zur Beruhi-
gung und auch, um das Verlangen nach Tabak
einzudämmen. Denn ganz klar: Im Sprechzimmer wurde nicht geraucht. Wahrscheinlich war
dies auch ein Grund dafür, dass Rosi seine Rückkehr in die Praxis so sehr begrüßte, weil er dann
nicht mehr den lieben langen Tag über schmau-
chen konnte.

Dr. Bernd König langte über die Tischplatte
hinweg und angelte mit seinen mächtigen Fingern ein kleines Schlüsselchen aus der Bleistiftab-
lage. Damit konnte er die linke untere Schreib-
tischschublade öffnen. Rosi dachte ja, sie klemmte
und ginge deshalb nicht auf. Dabei hatte der
Doktor sie abgeschlossen, um darin seine Lieb-

lingspfeifen aufzubewahren. So war gewährleistet, dass er auch dann rauchen konnte, wenn die Haushälterin wieder einmal alle herumliegenden Tabakpfeifen an sich genommen hatte, in der Meinung, ihm damit etwas Gutes zu tun.

Was gut für ihn war, wusste Bernd König selber. Gut war zum Beispiel ein ordentlich starker Kaffee zum Frühstück, am besten ein doppelter Espresso – und nicht diese Kräutertees, die Rosi ihm immer wieder unterzujubeln versuchte. Er ließ sich doch nicht dazu zwingen, für eine Tasse Kaffee erst eine halbe Kanne Tee zu trinken! Wahrscheinlich glaubte die Haushälterin tatsächlich, er gehorchte ihr, dabei schüttete er die Brühe regelmäßig in die Topfpflanzen.

Hauptsache, Rosi war zufrieden und kochte ihm hin und wieder sein Lieblingsessen. Ihr Sauerbraten war ein Gedicht. Dazu ein schönes Glas Rotwein, möglichst einen aus der Mitte Frankreichs – und die Welt war in Ordnung.

Den Schlüssel zweimal im Schloss gedreht, zog der Doktor die linke untere Schublade heraus. Er tat es mit einem seligen Lächeln auf den Lippen, das zunehmend einem Ausdruck der Verblüffung wich, je weiter er die Schublade öffnete. Wo war seine geliebte Meerschaumpfeife geblieben? Wo die Notration Tabak und all die anderen Rauchutensilien?

Bernd König nahm den Zettel heraus, der stattdessen in der Schublade lag.

*Zu viel rauchen schadet deiner Gesundheit, lieber Paps. Kuss Katja*

Dies war nun das Ergebnis davon, dass er seiner Tochter die Praxis anvertraut hatte! Ihm hätte klar sein müssen, dass sie, neugierig, wie sie war, den Schlüssel finden und nachschauen würde, was sich in der Schublade befände.

Ihre Neugierde in Ehren, aber die Pfeifen hätte sie nicht gleich wegzuräumen brauchen. Zumindest die Meerschaumpfeife müsste sie ihm zurückgeben. Und eines der Tabakpäckchen, wenn nicht sogar beide.

Mürrisch nahm der Doktor die oberste Patientenakte in die Hand, um festzustellen, dass die Unterlagen nicht mehr – wie früher – nach den Vornamen der Patienten, sondern neu nach deren Familiennamen geordnet waren. Aufgebracht rief er nach der Haushälterin, die ihm und seiner Tochter auch in der Praxis zur Hand ging.

»Hast du diesen Schwachsinn verbrochen, Rosi?«

»Nein, das war Katja. Aber ich habe ihr dabei geholfen. Es war höchste Zeit, die Kartei neu zu ordnen, das habe ich Ihnen doch längst gesagt!«

»Bah«, brummte Bernd König in seinen Vollbart – und machte sich daran, mit dem dicken Filzstift die Vornamen der Patienten wieder an die erste Stelle zu setzen. »Wehe, du änderst das! Ich arbeite seit vierzig Jahren so und habe nicht vor, mir auf meine alten Tage noch etwas Neues anzugewöhnen!«

»Das sagen Sie mal Katja«, raunte Rosi. Ihr war längst klar, dass sich da ein Konflikt zwischen Vater und Tochter anbahnte. So nahe sie sich auch standen – zusammen arbeiten konnten die beiden wohl nur schwerlich. Fragte sich nur, welcher der beiden Dickköpfe eher nachgäbe: die Tochter oder der Vater.

Vorerst stand aber ein ganz anderes Problem im Vordergrund – vielmehr im Garten der alten Fabrikantenvilla. Rosi hatte die schmale Frau mit den rotbraunen Haaren auf dem Alleeweg aus einem Taxi steigen sehen, just in dem Moment, als der Doktor nach der Haushälterin gerufen hatte.

Ihr war aufgefallen, dass die Frau für die Tageszeit reichlich leicht bekleidet war und nicht mal eine Strickjacke über dem ärmellosen T-Shirt trug. Die gute Frau brauchte sich nicht zu wundern, wenn sie sich eine Erkältung zuzöge, am Ende gar noch den Arzt aufsuchen müsste, weil sie Probleme mit der Blase bekäme.

Um eine Patientin schien es sich bei der Frau jedoch nicht zu handeln, sonst wäre sie längst ins Haus gekommen. Denn auf einem Schild stand klar und deutlich zu lesen, dass die Besucher der Arztpraxis ohne zu klingeln eintreten sollten. Wäre ja noch schöner gewesen, wenn sämtliche Patienten geläutet hätten, damit Rosi ihnen die Türe öffnete. Sie hatte weiß Gott anderes zu tun, als den Einlasser zu spielen, zum Beispiel dringend die Minze im Garten zu ernten, ehe diese vertrocknete.

Eine Schere in die Außentasche ihrer Schürze gesteckt sowie ein großes Löcherbecken unter den Arm geklemmt, trat Rosi ins Freie. Komisch, dass Mini ihr nicht entgegengerannt kam. Ob sich die Hündin wieder durch das Loch im Zaun gequetscht hatte, um in der Umgebung Katzen zu jagen? Beim letzten Mal war sie erst nach mehreren Stunden zurückgekehrt, völlig verschlammt und mit hängender Zunge.

»Mini?«

So etwas hatte die Haushälterin noch nie gesehen: dass sich die Hündin, auf dem Rücken liegend, von einer wildfremden Person den Bauch kraulen ließ. Noch dazu vor dem Eingang zu ihrer Hütte, wo sonst nur die Bewohner der alten Fabrikantenvilla geduldet waren.

Hoffentlich wusste die Frau, was sie tat. Nicht, dass Mini gefährlich gewesen wäre, nur überkam es sie zuweilen, und dann sprang sie mit ihren fünfzig Kilogramm an einem hoch. Darauf musste man gefasst sein, zumal wenn man, wie die Unbekannte, kaum mehr als die Hündin wog.

Gesund konnte das nicht sein, so dünn, wie die Frau war. Rosi selbst war auch eher schmal gebaut, aber doch weit davon entfernt, abgemagert zu wirken. Ob sie krank war oder einfach nur zu wenig aß? Vielleicht eiferte sie ja diesen Fotomodels nach, die mit ihren dürren Körpern und kantigen Gesichtern die Titelseiten der Hochglanzmagazine zierten.

Wie dem auch sei. Auf die Haushälterin warteten die Minzesträucher. Es musste jeder selber wissen, wie er sich am wohlsten fühlte. Nur wegen Mini wollte sie die Frau ansprechen, damit sie nicht plötzlich überrumpelt wurde und womöglich noch zu Boden stürzte.

»Ich weiß«, erwiderte die Angesprochene lächelnd. »Das hat Mini schon als Welpe immer gemacht.«

Welpe? Mini war fünfeinhalb Jahre alt, genau halb so alt wie Paul, das wusste Rosi ganz sicher. Erst am Geburtstag des Jungen hatte man noch darüber gesprochen und gemeinsam ausgerechnet, wie vielen Menschenjahren diese fünfeinhalb Hundejahre entsprachen.

Als hätte sie Rosis Gedanken gelesen, erhob sich die Frau und kam auf die Haushälterin zu.

»Entschuldigen Sie. Ich hätte erst klingeln und mich vorstellen sollen. Das wollte ich eigentlich auch tun, aber dann schoss Mini plötzlich aus ihrer Hütte heraus auf mich zu. Weiß der Himmel, wie lange wir uns nicht mehr gesehen haben.«

Rosi drückte die sehnige Hand, die ihr entgegengestreckt wurde.

Sie fühlte sich eiskalt an.

»Das ist völlig normal bei mir. Das Einzige, was dagegen hilft, ist ein heißes Bad.«

»Unter Umständen würde auch schon eine Jacke genügen«, meinte die Haushälterin mit Blick auf die nackten Oberarme ihres Gegenübers.

»Ich habe leider keine bei mir. Alles, was ich an Kleidern besitze, ist noch drüben.«

Mit »drüben« konnte Rosi etwa so viel anfangen wie Mini mit einem abgenagten Knochen: gar nichts. Warum konnte diese dürre Gestalt nicht einfach sagen, wer sie war? Dass sie Mini bereits als Welpen gekannt hatte, konnte eigentlich nur bedeuten, dass sie deren Züchterin war. Oder aber … Nein, das war nicht möglich – obwohl: Bei näherer Betrachtung glich ihre Nasenpartie der von Paul. Auch hatte der Bub ähnlich dünnes Haar, wenngleich es auch eine Spur mehr ins Rötliche ging.

»Ja«, sagte die Frau plötzlich, »Sie denken richtig, ich bin Pauls Mutter. Mein Name ist Sonja Bauer. Eigentlich wollte ich meinen Sohn von der Schule abholen. Dann habe ich mir aber überlegt, dass es nach all den Monaten der Trennung vielleicht besser ist, zu Hause auf ihn zu warten. Paul und Bruno leben doch hier, nicht wahr?«

Er konnte die Worte drehen und wenden, wie er wollte, es klang immer so, als wäre es zwischen ihm und Katja König zu einem Zerwürfnis gekommen. Als hätten sie sich getrennt, Lichtjahre davon entfernt, je Verlobung zu feiern.

»... sehen wir uns leider gezwungen, das geplante Fest von nächstem Samstag auf unbestimmte Zeit zu verschieben«, hörte Bruno Bauer sich seine eigenen Sätze vorlesen, höchst unzufrieden mit dem, was da auf dem Bildschirm stand.

Warum nur gelang es ihm nicht, das Ganze etwas weniger dramatisch zu formulieren? Etwa so, dass nicht jeder sofort annehmen musste, zwischen Katja und ihm wäre alles aus? Vielleicht sollte er anstelle von »gezwungen« besser »genötigt« schreiben, das klang gleich versöhnlicher. Oder doch nicht?

Der Verwaltungsdirektor markierte die bereits verfassten Zeilen mit der Computermaus und löschte sie mit einem einzigen Klick. Nur gerade das »Liebe Kolleginnen und Kollegen« ließ er stehen, ebenso wie den Betreff »Wichtige Mitteilung«.

Eigentlich verrückt. Das Wichtigste der Mitteilung, der eigentliche Grund für die Nachricht, stand nicht darin: dass sich Brunos Ex-Frau, die

Mutter seines Sohnes, irgendwo in Zentralafrika in der Gewalt brutaler Entführer befand und man vor diesem Hintergrund unmöglich ein fröhliches Fest feiern konnte. Doch war es weder in Katjas noch in seinem Interesse, diesen Umstand an die große Glocke zu hängen. Das Ganze war eine sehr private Angelegenheit. Deshalb entschied er sich nach einer weiteren halben Stunde der Ratlosigkeit für folgenden Text:

*Aus persönlichen Gründen müssen wir unsere Verlobungsfeier vom nächsten Samstag leider verschieben. Das neue Datum teilen wir euch mit, sobald es feststeht. Wir bitten um Verständnis.*

Das musste reichen. Nun sollte Katja König noch kurz über die Zeilen schauen – und dann nichts wie raus damit, möglichst vor der Montagssitzung, die sich bestimmt wieder bis in die frühen Abendstunden hinziehen würde.

Weil Bruno Bauer die Ärztin nicht, wie vermutet, in ihrem Büro in der Chirurgie vorfand, wählte er sie auf dem Piepser an und erreichte sie auf dem Weg von der Radiologie zur Notaufnahme.

»Entschuldige, Bruno, aber ich bin total im Stress. Das MRI hat bis eben gedauert. Jetzt muss ich ganz dringend zu einer akuten Appendizitis und dann in den OP. Lass uns bitte später telefonieren. Ciao!«

»Ciao«, murmelte er, während Katja König bereits aufgelegt hatte. Ihn ärgerte nicht, dass sie im Moment keine Zeit für ihn hatte. Was ihn nervte, war dieses Fachchinesisch, das in Medizinerkreisen gesprochen wurde. Als ob es dafür keine allgemeinverständlichen Ausdrücke gäbe! Ein MRI war nichts anderes als eine besondere Art des Röntgens, eine akute Appendizitis eine banale Blinddarmentzündung, und mit OP war der Operationssaal gemeint. Bei allem Verständnis für die Hast der Ärzte, aber die Zeit, verständlich zu sprechen, mussten sie sich einfach nehmen – vor allem im Gespräch mit Laien, zu denen Bruno Bauer sich ebenfalls zählte.

Als Verwaltungsdirektor der Klinik am Park und somit verantwortlich für die gesamte Administration des Hauses warf er gegenüber den Medizinern ja auch nicht mit englischen Fachbegriffen aus der Betriebswirtschaft um sich. Obwohl es ganz nett gewesen wäre zu beobachten, wie Katja und ihre Kolleginnen und Kollegen darauf reagiert hätten. Wahrscheinlich mit größtem Erstaunen – ähnlich wie auf die E-Mail, die er soeben an alle zum Fest geladenen Gäste abschickte.

Während die elektronische Post rausging, kamen über das Empfangskonto neue Nachrichten herein, darunter eine Mitteilung des Außenministeriums. Der Koordinator der Hilfsorganisation hatte am Vorabend erwähnt, dass sich die Beamten direkt bei Bruno Bauer melden würden, sobald es Neuigkeiten zu vermelden gab.

Verständlich, dass der Verwaltungsdirektor die E-Mail mit einem mulmigen Gefühl öffnete. Paul hing an seiner Mutter, auch wenn diese sich während der letzten Monate kaum um ihn gekümmert hatte. Dem Jungen eröffnen zu müssen, dass...

*...freuen wir uns, Ihnen mitteilen zu können, dass besagte Entführung heute Morgen glimpflich beendet werden konnte und sich die Geisel, eine österreichische Radiojournalistin, bereits auf dem Heimweg befindet.*

Bruno Bauer schwankte zwischen Freude und Beklemmung. Wenn Sonja nicht gekidnappt worden war, wo um alles in der Welt steckte sie dann? Oder waren womöglich mehrere Frauen verschleppt und nur eine von ihnen freigelassen worden? Es konnte doch nicht sein, dass sie auf einmal wie vom Erdboden verschwunden war.

Verschwunden nicht, aber abgetaucht – in der Badewanne. Rosi hatte ihr Wasser eingelassen, warm, aber nicht zu heiß, so dass sich Sonjas Körper langsam aufwärmen konnte. Kein Wunder, dass sie fror, nach fast einem Jahr in den Tropen bei Nachttemperaturen von mehr als fünfundzwanzig Grad.

Ein außergewöhnliches Leben musste das gewesen sein, mitten im Urwald, in einer Hütte aus Lehm. Für die Haushälterin wäre das nichts gewesen. Sie hatte Angst vor Schlangen und wilden Tieren. Eigentlich war Sonja Bauer zu bewundern, einmal abgesehen von der Tatsache, dass sie ihren Sohn zurückgelassen hatte – wenngleich auch nicht allein, sondern beim Vater. Trotzdem: Ein Junge in Pauls Alter brauchte seine Mutter. Katja, die ständig zwischen Praxis und Klinik unterwegs war, konnte sie ihm nur teilweise ersetzen.

Erschwerend kam hinzu, dass Bruno Bauer beruflich ebenfalls stark eingebunden war und hinsichtlich Arbeitseifer seiner neuen Lebenspartnerin in nichts nachstand. Wie Katja konnte auch er über einer Sache brüten und dabei die Zeit vergessen. So manches Abendessen hatte in der alten Villa schon ohne die beiden stattfinden müssen. Wenn sie aber anwesend waren, dann zu hundert Prozent, ohne Wenn und Aber. Nicht wie Bernd König, der immer schon seine Zeit für sich gebraucht hatte, selbst als Katja noch ein kleines Mädchen gewesen war.

Rosi hatte es nie als Last empfunden, sich um das Mädchen zu kümmern. Ihrem Gefühl nach war Katja immer auch ihre Tochter gewesen – bereits als kleines Mädchen schlagfertig und klug. Die Ärztin würde Sonja Bauers plötzliches Erscheinen richtig auffassen und Rosi verstehen können, dass sie Brunos Ex-Frau fürs Erste ein Bett angeboten hatte. Nicht in der alten Fabrikantenvilla, sondern im Pförtnerhaus, wo Paul und Bruno anfänglich genächtigt hatten und das nun wieder Trocknungs- und Aufbewahrungsstätte für Rosis Kräuter war.

Die Haushälterin hatte keine andere Wahl. Denn Sonja Bauer hatte ihr geklagt, dass sämtliche Hotels in der Stadt wegen einer internationalen Baumesse ausgebucht waren. Es sollte ja nur für kurze Zeit sein, drei oder vier Tage, so lange, bis die Messe vorüber wäre. Und vielleicht reiste sie auch schon vorher wieder ab – was aber eher unwahrscheinlich schien, wo Paul sich so über ihr Kommen freute.

Vergessen und verziehen war, dass sie an seinem Geburtstag nichts von sich hatte hören lassen. Sonja hatte vorgehabt, spätestens zur Torte da zu sein, dummerweise aber den Anschlussflug verpasst und geschlagene zwölf Stunden auf einem Provinzflughafen ausharren müssen. »Du kannst mir glauben, ich habe wirklich versucht, dich anzurufen. Aber da waren so viele Leute, die telefonieren wollten. Ich hatte keine Chance.«

Wer wollte denn jetzt noch von Pauls Geburtstag reden, nun, da seine Mutter da war? »Komm«, rief er, kaum war Sonja Bauer der Badewanne entstiegen, »ich führe dich durchs Haus!« Dann zog er sie mit sich, den Korridor entlang in sein Zimmer, zeigte ihr seine neue Playstation und den Eishockeyschläger, den er von Bernd König geschenkt bekommen hatte.

Bernd König musste der mürrische ältere Mann mit dem weißen Bart sein, der mit seinem Pfeifenrauch das ganze Haus verpestete.

»Genau«, bestätigte der Junge. »Bernd ist der Vater von Katja.«

»Und Katja ist die Frau mit den blonden Haaren, deren Bild auf dem Nachttisch deines Vaters steht?«

»Richtig! Du bist gut, Mama! Jetzt mach schnell, ich will mit dir in den Garten. Dort habe ich ein eigenes Beet. Was da wächst, esse ich alles ganz alleine auf.«

Sonja Bauer staunte nicht schlecht, dass ihr Sohn anscheinend Salat und Gemüse in rauen Mengen aß. »Früher haben dich keine zehn Pferde dazu gekriegt, auch nur ein Stück Karotte in den Mund zu nehmen.«

»Früher«, erwiderte Paul abschätzig, »da war ich ja auch noch ein kleiner Junge. Jetzt bin ich schon elf!«

Unglaublich, wie die Zeit verging. Sonja sah ihren Sohn noch in Strampelhöschen vor sich, als Erstklässler mit einer riesigen Schultüte im Arm. »Weißt du eigentlich, dass dein Vater dir die Tüte in die Schulklasse nachtragen musste, weil sie viel zu schwer für dich war?«

Daran konnte Paul sich beim besten Willen nicht mehr erinnern. »Dafür erinnere ich mich daran, dass wir nach dem Abendessen immer Mensch-ärgere-dich-nicht gespielt haben: du, Papa und ich. Machen wir das heute Abend auch?«

Sonja Bauer wollte ihrem Ex-Mann nicht vorgreifen. Womöglich hatte er ja andere Pläne für den Feierabend. »Er hat ja keine Ahnung, dass ich hier bin. Rosi hat zwar versucht, ihn anzurufen, doch anscheinend ist er den ganzen Nachmittag über in einer Besprechung.«

»Rosi soll ihm nichts sagen! Es soll eine Überraschung sein! Abgemacht?«

Sonja war zwar davon überzeugt, dass dies keine sehr gute Idee wäre, doch mochte sie ihrem Sohn den Wunsch nicht abschlagen. Sie hatte Paul gegenüber vieles wiedergutzumachen. Wie viel, war ihr erst auf der Fahrt zum Konsulat bewusst geworden, als sie am staubigen Straßenrand diese Mutter mit ihren Kindern entdeckt hatte. Ein Kind an der rechten, das andere an der linken Hand und das kleinste in einem Tuch vor die Brust gebunden, wie die afrikanischen Frauen das eben taten.

Obwohl sie schon dutzende Male solche Szenen gesehen hatte, hatte dieser Anblick Sonja Bauer innerhalb weniger Sekunden dazu veranlasst, den Taxifahrer zum Umkehren zu bewegen. Die Verlängerung der Papiere, derentwegen sie in die Hauptstadt gereist war, war jetzt kein Thema mehr gewesen. Sonja Bauer hatte nur noch eines im Kopf gehabt: möglichst schnell zu ihrem Sohn nach Europa zurückzukehren.

Sie hatte Paul nicht in die Welt gesetzt, um ihn nun allein aufwachsen zu lassen, viele tausend Kilometer von ihr entfernt. Schlimm genug, dass sie sein erstes Elfmetertor als Stürmer der Schulfußballmannschaft verpasst hatte, ebenso den Sprung vom Fünfmeterturm.

Darüber musste Sonja Bauer übrigens dringend mit ihrem Ex-Mann reden. Er hätte doch den Jungen nicht allein ins Schwimmbad gehen lassen dürfen, wo Paul dann solch waghalsige Sprünge unternahm. Er hätte sich doch am Beckenrand den Kopf aufschlagen können. Nein, Sonja Bauer verstand Bruno nicht. Ausgerechnet er, der seinen Sohn in frühen Jahren am liebsten in Watte gepackt hätte, ließ ihm auf einmal alle Freiheiten.

Wahrscheinlich war er froh, möglichst wenig mit dem Jungen zu tun zu haben. Wahrscheinlich vergnügte er sich lieber mit dieser blonden Ärztin, die bestimmt auch dafür verantwortlich war, dass Bruno neuerdings einen Dreitagebart trug. Fast hätte Sonja ihren Ex-Mann nicht erkannt, als dieser kurz nach sieben Uhr abends auf dem Beifahrersitz eines roten Kleinwagens vor der alten Villa vorfuhr.

Paul zappelte bereits hinter der Küchentür, konnte es kaum erwarten, bis der Vater das Haus betrat. »Du wirst sehen, Mama, ihm werden die Augen aus dem Kopf fallen, wenn er dich entdeckt!«

Exakt so trat die Prophezeiung zwar nicht ein, doch glaubte Bruno Bauer tatsächlich, einer optischen Täuschung aufgesessen zu sein, als er sich – während Katja ihren Wagen in die Garage stellte – schon mal in die Küche begab und dort seine ehemalige Frau am langen Holztisch sitzen sah.

Ungläubig rieb sich der Verwaltungsdirektor die Augen. Das konnte doch nicht Sonja sein! Seine Fantasie schlug Purzelbäume, projizierte ihm ihr Bild, weil er sich nichts sehnlicher wünschte, als dass sie neben Paul sitzen und lächeln würde. Dann bräuchte er sich nämlich nicht mehr länger den Kopf darüber zu zerbrechen, wie er seinem Sohn das Verschwinden der Mutter am schonendsten beibringen sollte.

Im Auto, mit Katja, war über nichts anderes geredet worden. Sie verfügte über eine Engelsgeduld, hatte Bruno Bauer wertvolle Tipps gegeben – aber sagen musste er es Paul trotzdem selbst. Dagegen war das Verfassen der Absage der Verlobungsfeier ein Kinderspiel gewesen, worauf auch noch keine Reaktionen eingegangen waren – bis auf die Worte des Bedauerns von Brunos Sekretärin. Die hatte sogleich ihren Friseurtermin abgesagt und die Floristin angerufen, um das Blumenbouquet zu stornieren, das dem Paar am Samstag im Namen der ganzen Klinik hätte überreicht werden sollen.

»Papa? Träumst du?«

Wenn, dann waren es Albträume, die Bruno verfolgten. Er musste sich zwingen, Paul seine Aufmerksamkeit zu widmen.

»Verzeih, ich war mit meinen Gedanken woanders. Wie war dein Tag? Und wie ist die Mathearbeit gelaufen?«

»Die Mathearbeit hatten wir bereits letzten Freitag«, erwiderte Paul, genervt darüber, dass sein Vater nicht sah, wer da am Tisch saß.

Bruno Bauer wiederum bemühte sich, nicht in

Sonjas Richtung zu schauen, glaubte er doch tatsächlich, es mit einer menschlichen Fatamorgana zu tun zu haben. Er musste dieses Bild aus seinem Kopf rauskriegen.

»Mama ist gekommen«, platzte es aus Paul heraus. »Sie hat mir eine Flöte aus Bambusholz mitgebracht!«

»Bloß nicht«, stammelte Bruno, im Glauben, nun auch noch seltsame Stimmen zu hören. Er musste versuchen, ruhig zu bleiben. Gleich käme Katja, sie würde ihm helfen.

Nun – die Ärztin war ebenso perplex, als sie Sonja Bauer erblickte: Brunos Ex-Frau, die, wohlgemerkt, Katjas Lieblingsstrickjacke trug.

Sein Gesichtsausdruck hätte jämmerlicher nicht sein können. Mit hängenden Mundwinkeln reichte Frederik Gander seinem Gegenüber schlaff die Hand. Überflüssig, ihn zu fragen, wie er sich fühlte.

»Ich habe die ganze Nacht über an meinem Testament gearbeitet«, so der Dreiundfünfzigjährige. »Was meinen Sie, Frau Doktor, bleibt mir noch etwas Zeit, um die Wohnung aufzulösen? Mit dem Vermieter habe ich bereits gesprochen.

Unter diesen besonderen Umständen ist er mit einer vorzeitigen Auflösung des Mietvertrags einverstanden.«

Dr. König fasste den mutlosen Patienten am Arm, führte ihn zum Sofa und nahm schräg gegenüber von ihm Platz. »Es gibt überhaupt keinen Grund, den Mietvertrag aufzulösen«, eröffnete sie ihm. »Denn die gestrige Untersuchung in der Röhre hat nichts ergeben.«

»Kein Tumor?« Anstatt sich über die Diagnose zu freuen, baute der Patient sich vor der Ärztin auf. »Das kann nicht sein! Ich weiß, dass in meinem Kopf bösartige Zellen wuchern. Warum sagen Sie mir nicht die Wahrheit?«

»Lieber Herr Gander, das *ist* die Wahrheit«, erwiderte Katja König. »Lesen Sie selbst! Hier auf dem Datenblatt des Radiologen steht schwarz auf weiß, dass bei der Kernspintomografie keine Auffälligkeiten gefunden worden sind.« Dr. König reichte dem Mann das entsprechende Papier.

Wie ein Tiger auf seine Beute, stürzte sich Frederik Gander auf den Befund. Immer wieder las er ihn durch. »Ich bilde mir die Schmerzen doch nicht ein«, betonte er dabei unentwegt. »Sie sind da, ich weiß es!«

»Natürlich haben Sie Kopfschmerzen. Das bestreitet auch niemand«, antwortete die Ärztin. »Doch jetzt, wo klar ist, dass den Schmerzen kein Tumor zugrunde liegt, müssen wir herausfinden, wie Sie die Beschwerden am besten in den Griff kriegen.«

»Ich muss also nicht operiert werden?«

Dr. König verneinte. »Ich rate Ihnen aber dringend dazu, Ihren Arbeitsplatz genauer zu untersuchen. Womöglich sitzen Sie falsch, weswegen es zu einer Fehlhaltung des Kopfes kommt, die wiederum Muskelverspannungen im Schulter- und Nackenbereich hervorruft. Das würde erklären, warum die Schmerzen immer im Nacken beginnen und sich dann beidseitig über den Kopf ziehen. Unabhängig davon würde ich an Ihrer Stelle täglich mindestens eine halbe Stunde an der frischen Luft spazieren gehen und jede Form von Stress zu vermeiden versuchen.«

»Mehr nicht?« Frederik Gander gab sich äußerst erstaunt.

»Das ist schon eine ganze Menge«, meinte Dr. König. »Versuchen Sie mal, während der nächsten drei Wochen danach zu leben, und suchen Sie mich dann wieder auf. Wenn die Beschwerden bis dahin abgenommen haben, umso besser.

Ansonsten werde ich Sie zum autogenen Training anmelden. Dort können Sie unter professioneller Anleitung lernen, sich zu entspannen.«

Dasselbe hatten auch alle anderen Ärzte gesagt, die Frederik Gander wegen seiner Kopfschmerzen konsultiert hatte. Als ob autogenes Training ihm helfen würde! Warum bloß erkannte niemand, dass er sterbenskrank war und genauso zu enden drohte wie sein Großvater und sein Vater selig?


Frederik Gander hätte gut daran getan, Dr. König die familiäre Krankengeschichte mitzuteilen. Dann hätte sie ihn nach der Konsultation an diesem Dienstagvormittag nicht einfach gehen lassen – mit der Folge, dass er am nächsten Tag um dieselbe Zeit wieder in der Praxis erschien. Diesmal, weil er zu zweihundert Prozent davon überzeugt war, dass eine Fibromyalgie seine Schmerzen verursachte.

»Ich habe im Radio davon gehört. Der Befund ist eindeutig! Erstaunlich, dass eine so gut ausgebildete Ärztin wie Sie nicht gleich darauf gekommen ist!«

Dr. König überflog die von Hand geschriebenen Notizen, die er ihr triumphierend entgegenstreckte. Was da stand, war nichts Neues für sie. Als Folge einer Fibromyalgie konnten Schlafstörungen, Erschöpfungszustände und eben Kopfschmerzen auftreten. Das war alles richtig. Allerdings: »Primär macht sich eine Fibromyalgie im Bewegungsapparat bemerkbar. Die Schmerzen beginnen meist an der Wirbelsäule und breiten sich dann über den gesamten Körper aus. Das steht hier nicht auf dem Papier.«

»Aber genau so verhält es sich bei mir!«, rief Frederik Gander, offensichtlich erleichtert, in der seltenen Muskelfasererkrankung endlich die Ursachen seiner Beschwerden gefunden zu haben. »Sie müssen mir ein Medikament verschreiben, am besten etwas auf der Basis von Cortison.«

Dr. König dachte nicht daran, der Anweisung des Patienten nachzukommen. Nicht aufgrund der von ihm selbst gestellten Diagnose. Fibromyalgie diagnostizierte sich nicht mal eben mittels einer Fernsehsendung über Gesundheit. Dabei handelte es sich vielmehr um eine kaum therapierbare Form von Weichteilrheuma, von der in erster Linie Frauen betroffen waren.

»Nur weil ich ein Mann bin, soll ich nicht an Fibromyalgie leiden?«

Das hatte die Ärztin so nicht gesagt.

»Gesagt nicht, aber gemeint haben Sie es! Warum sagen Sie nicht einfach, dass Sie mich für einen Spinner halten? Wahrscheinlich würden Sie mich am liebsten zum Psychiater schicken oder, noch besser, in eine Irrenanstalt einweisen. Aber da gehöre ich nicht hin! Ich bin, verdammt noch mal, krank! Warum glauben Sie mir das nicht?«

Frederik Gander hatte sich in Rage geredet, musste den Krawattenknopf lockern, um richtig atmen zu können.

Alle Achtung, so viel Temperament hätte Dr. König dem Patienten nicht zugetraut. Ihr gefiel, dass er aus sich herausgekommen war, einmal nicht den Leidenden mimte, sondern dafür kämpfte, ernst genommen zu werden.

Es war in der Tat so, dass Fibromyalgiker oft jahrelang von Praxis zu Praxis liefen, bis sie endlich jemanden fanden, der ihre ständigen Schmerzen einzuordnen wusste. Die Ärztin wollte keine voreiligen Schlüsse ziehen, vielleicht war Frederik Gander ja tatsächlich einer der seltenen männlichen Betroffenen.

»Hätten Sie etwas dagegen, wenn ich einen Schmerzspezialisten hinzuziehen würde?«

Der Gefragte war offen für alles – »wenn es nur hilft«.

So sah Dr. König es auch, schlug ein Treffen zu dritt vor, möglichst in der Klinik am Park. »Falls es sich mit Ihrer Arbeit vereinbaren lässt, wäre ich froh, wenn wir eine Randstunde wählen könnten. Oder wir vereinbaren einen Termin am Mittag. Wie lange machen Sie denn in der Regel Mittagspause?«

»Gar nicht. Ich arbeite immer erst am Nachmittag. Von zwei bis sechs.«

Das hätte Katja König auch gefallen: einen Morgen nur für sich: endlos Zeit, um unter der Dusche zu stehen, sich die Haare in Form zu föhnen, Kaffee zu trinken, die Zeitung zu lesen ... Stattdessen stand sie bereits kurz vor sechs Uhr im Badezimmer, kaum fähig, die Augen zu öffnen, geschweige denn Warm- und Kaltwasserhahn voneinander zu unterscheiden.

Mehr als einmal war sie bereits einem Herzstillstand nahe gewesen, als es eiskalt auf sie niedergeregnet hatte. Doch hatte dies auch sein Gutes gehabt. Immerhin war sie danach wach gewesen, bereit für den Tag, während Bruno immer noch gedöst und keinerlei Anstalten gemacht hatte, unter der warmen Bettdecke hervorzukriechen.

Wenn sie sich in der Folge mit den Haaren beeilte – am schnellsten ging es, den blonden Schopf am Hinterkopf mit einem Gummi zusammenzubinden, weswegen Dr. König bei der Arbeit fast immer einen Pferdeschwanz trug –, blieben ihr fünfzehn Minuten für das Frühstück, inklusive Zeitungslektüre.

Frederik Gander hatte dafür mindestens das Achtfache an Zeit zur Verfügung. Entweder war er ein wohlhabender Erbe, oder er brauchte nur wenig zum Leben, weswegen er sich mit einem halben Gehalt begnügen konnte.

»Sind Sie eigentlich verheiratet?«

Auf dem Fragebogen, den alle Patienten bei ihrem ersten Besuch in der alten Fabrikantenvilla ausfüllen mussten, hatte Frederik Gander es unterlassen, beim entsprechenden Punkt ein Kreuz anzubringen.

»Ich... meine Frau und ich leben getrennt.«

Der Routine halber erkundigte sich die Ärztin, wie lange schon.

»Als ob Sie das etwas anginge! Und kommen Sie mir jetzt nicht wieder damit, dass Sie die Angaben bräuchten, um meine Krankengeschichte besser zu verstehen! Das mit meiner Frau und mir hat nichts, aber auch gar nichts mit meinen

Schmerzen zu tun. Obwohl Sie meine Ärztin sind, frage ich Sie ja auch nicht nach Ihrer Beziehung und ob Sie darin glücklich sind.«

Diese Frage zu beantworten wäre der Medizinerin auch nicht leichtgefallen. Seit Sonjas plötzlichem Auftauchen dünkte es Katja König, als hätte sich zwischen Bruno und ihr alles verändert. Ihr fehlten sein Augenzwinkern, seine gewollt zufälligen Berührungen, seine humorvollen Bemerkungen. Er war wie blockiert, gehemmt in einem Ausmaß, das Katja König nie für möglich gehalten hätte. Und er war es nicht bloß in Sonjas Anwesenheit, sondern immer: in der Klinik, im Auto, selbst im Bett.

Nachts legte er sich schlafen, ohne Katja vorher innig umarmt und geküsst zu haben. Die Ärztin vermisste dieses Ritual. Wenn sie ihn darauf ansprach, drehte er sich ihr zwar nochmals zu, um ihr einen halbherzigen Kuss auf die Wange zu drücken, doch war es nicht das, was sie wollte. Sie hatte das Bedürfnis, ihm nahe zu sein, auch körperlich, vor allem aber geistig. Sie dürstete danach zu erfahren, was in ihm vorging, wenn Sonja und Paul von früher sprachen – wie sich die Erinnerung anfühlte und welche Bedeutung er dieser Erinnerung in der Gegenwart zumaß.

Unter gar keinen Umständen wollte sie ihn drängen. Bruno Bauers Ex-Frau war seit gerade einmal drei Tagen da. Vielleicht brauchte er einfach etwas mehr Zeit, um mit der Situation klarzukommen. Sicherlich wäre es einfacher gewesen, wenn sie sich in ein Hotel einquartiert hätte, dann wäre der Kontakt ungezwungener gewesen. Doch diese Baumesse war nun mal ein Umstand, mit dem sie bis zum Freitag noch leben musste. Was danach kam – Katja hatte keine Ahnung.

Die Verlobungsfeier vom Samstag war jedenfalls abgesagt. Dabei sollte es auch bleiben, wenngleich die Durchführung des Festes zweifelsohne dazu beigetragen hätte, den wild brodelnden Gerüchten in der Klinik die Basis zu entziehen. In der momentanen Situation fand es die Ärztin sogar ganz schmeichelhaft, als neue Freundin des leitenden Radiologen gehandelt zu werden – bei dessen Frauen es sich bislang stets um Models und Schauspielerinnen gehandelt hatte. Die aktuell Verflossene war sogar mal in Hollywood gewesen, wenngleich auch nur für einen Sprachkurs, aber Hauptsache, die Plappertaschen in der Klinik fanden ein Thema, worüber sie sich die Mäuler zerreißen konnten.

Genauso gut hätten sich die Damen und Herren fragen können, warum Professor Winter nun erst am Sonntag zurückkehrte, wo er doch ursprünglich per E-Mail mitgeteilt hatte, spätestens am Mittwoch wieder im Hause zu sein. Dr. König vermutete dahinter nicht, wie kommuniziert, einen Motorschaden der Segeljacht, sondern vielmehr die junge Gattin des Professors. Der Französin gefiel es in Gesellschaft auf hoher See bestimmt tausendmal besser als mutterseelenallein in der großen Villa ihres Mannes, weswegen sie ihn wohl bekniet hatte, noch ein paar unbeschwerte Tage auf dem Wasser anzuhängen.

Nein, Katja König hegte deshalb keinen Groll gegen sie. Im Gegenteil: Es kam der Ärztin nicht ungelegen, durch die Abwesenheit des Professors in der Klinik stark eingespannt zu sein. Denn anders als Rosi verspürte sie nicht das geringste Interesse, sich vertieft mit Sonja Bauer auseinanderzusetzen.


Die Haushälterin hatte nie die Absicht gehabt, Brunos Ex-Frau derart viel Aufmerksamkeit zu schenken. Andererseits gab es keinen Grund,

Sonja nicht mit offenen Armen zu empfangen, so wie Rosi es bei allen Besuchern der Villa tat, egal welcher Herkunft sie waren.

An Pauls Mutter gefiel ihr, dass sie der Naturheilkunde gegenüber offen war. Ungebeten half Sonja Bauer der Haushälterin, die frisch geernteten Minzeblätter im Pförtnerhaus zum Trocknen aufzuhängen. Wer sonst hätte das getan? Der Doktor? Niemals! Katja? Vielleicht, wenn sie Zeit gehabt hätte. Bruno? Kaum. Paul? Dem fehlte das Interesse. Dafür war der Junge schlicht noch zu jung.

Wie wohltuend war es da, jemanden gefunden zu haben, der Rosis Tun Beachtung schenkte – ihre selbst zusammengestellten Teemischungen nicht bloß aus reiner Höflichkeit probierte, sondern aus ehrlichem Interesse.

Sonjas absoluter Favorit war der *Bergtraum*. Eine eigenwillige Kombination aus Bergkräutern und Minze, die erst mit etwas Akazienhonig gesüßt ihren vollen Geschmack entfaltete. Sie fand es jammerschade, dass Rosi die Mischung ausschließlich samstags auf dem lokalen Dorfplatz verkaufte.

»Du könntest viel mehr davon verkaufen! Hier in der Gegend findet doch bestimmt jeden

Tag irgendwo ein Markt statt. Warum fährst du mit deinen Produkten nicht einfach hin?«

Hinfahren klang gut – »etwa mit meinem klapprigen Fahrrad und dem alten Anhänger?« Rosi besaß kein Auto, konnte zum Einkaufen mit Ach und Krach das von Bernd König benutzen, aber sicher nicht, um damit Kräuter zum Verkauf zu transportieren. Zudem war die Haushälterin mit ihrer Arbeit in der Villa bereits vollständig ausgelastet.

»Ich verstehe«, murmelte Sonja Bauer, während sie die Teetasse zu den Lippen führte. »Wie fändest du es denn, wenn …« Sie hielt inne, wollte sich nicht aufdrängen. »Tatsache ist doch, dass ich im Gegensatz zu dir jede Menge Zeit hätte.«

Die Haushälterin schätzte das spontane Hilfsangebot wirklich sehr, fragte sich aber, ob sich der ganze Aufwand für einige wenige Male überhaupt lohnte. »Allein für das Aufstellen des Standes müssten zig verschiedene Bewilligungen eingeholt werden. Das ist nicht nur aufreibend, sondern kostet auch Geld.«

Pauls Mutter war klar, worauf Rosi hinauswollte. Sie ging davon aus, dass Sonja schon bald wieder nach Afrika reiste, demzufolge nicht in der Lage wäre, längerfristig Kräutererzeugnisse auf den Wochenmärkten der Umgebung zu verkaufen. Die gute Rosi konnte ja nicht ahnen, dass Sonjas Kündigungsschreiben bereits auf der Post war.

Noch stand die Antwort der Hilfsorganisation aus. Doch egal, wie sie lauten würde: Sonja Bauer wollte nicht in den Dschungel zurück. Sie wusste, dass ihr Sinneswandel überraschend kam und es nicht eben die feine Art war, die Schule im Stich zu lassen. Aber sie handelte ja nicht aus Böswilligkeit, sondern weil sie nicht anders konnte. Gar nicht zu reden davon, dass sie während der letzten elf Monate nichts verdient hatte und aufgrund eines Darmvirus fast bis auf die Knochen abgemagert war.

Diesbezüglich war der *Bergtraum* ein richtiges Wundermittel. Seit sie mehrmals täglich eine Tasse davon trank, ging es ihr bereits viel besser, kehrte allmählich auch der Appetit zurück. Über Wochen hatte sie kaum etwas bei sich behalten können, war ständig müde und kraftlos gewesen. Und dann diese Hitze. Nein, Afrika war fürs Erste kein Thema mehr. Was sich noch in ihrer Lehmhütte befand, vor allem die Kleidung, sollte an die Einheimischen verteilt werden. Sonja benötigte die Sachen nicht mehr. Sie wollte in jeder Hinsicht einen Neuanfang machen – auch hinsichtlich Bruno.

Ihr war klar, dass sie Fehler gemacht hatte. Der größte war gewesen, ihn zu verlassen. Sie hätte sich nach der Fehlgeburt des zweiten Kindes nicht von ihm abwenden, ihm die Schuld an der Tragödie zuschieben dürfen. Trotz aller Vorwürfe hatte er stets zu ihr gehalten, auch als sie ihm offenbart hatte, zu Oliver in die Schweiz ziehen zu wollen. Was hatte er auf sie eingeredet, sie vor dem Sektenführer gewarnt, sie angefleht, mit der Scheidung noch zu warten. Vergeblich. Sie war dem selbst ernannten Guru blind gefolgt, hatte sich von ihm wie eine Weihnachtsgans ausnehmen lassen und wäre immer noch Mitglied dieser Sekte, wenn Pauls Leukämieerkrankung ihr nicht die Augen geöffnet hätte.

Für ihre Beziehung zu Bruno Bauer wäre es bestimmt besser gewesen, wenn sie nach der Genesung des Jungen zu Hause geblieben wäre, anstatt ihr Seelenheil im Urwald zu suchen. Wäre, hätte – es war müßig, darüber nachzudenken, was hätte sein können. Tatsache war, dass Bruno mit dieser Katja König liiert war – und nicht eben glücklich, wie Sonja zu spüren glaubte.

Eine berufstätige Frau, das war nichts für ihn. Bruno brauchte jemanden an seiner Seite, der auf ihn einging, für ihn da war, wenn er von der Arbeit nach Hause kam. Keine Ärztin, die andauernd auf Abruf lebte und bei der das Wohl der Patienten immer an erster Stelle stand. Auf dieser Grundlage konnte keine funktionierende Partnerschaft entstehen. Da konnte Bruno noch so oft erzählen, dass Katja normalerweise viel mehr Zeit für ihn und die Familie habe, es einzig im Moment etwas hektisch zugehe, weil der Professor noch im Urlaub sei – Sonja glaubte ihm kein Wort.

Sie hielt es für eine billige Ausrede, damit er sich keine Blöße zu geben brauchte. Denn natürlich wäre es ihm peinlich gewesen, seiner Ex-Frau gegenüber einzugestehen, dass er sich mit ihr weitaus wohler gefühlt hatte. Wenn Bruno bloß seinen verdammten Stolz ablegen könnte. Man würde einander die Fehler der Vergangenheit vergeben und dort weitermachen, wo man aufgehört hatte.

Es war immer ein gutes Leben gewesen, ohne Streit und Reibereien. Er musste sich diese Zeit doch auch zurückwünschen, die Jahre der Unbeschwertheit. Für den gemeinsamen Sohn wäre es nur förderlich, wenn seine Eltern wieder zueinanderfänden – denn der Junge schien ihr ein klein wenig verwahrlost. Sie wollte Rosi keine Vorwürfe machen, schon gar nicht wegen des Lochs in der Jacke und dem Ölfleck auf den Jeans, nur: Bei seiner Mutter hätte Paul das Haus so nicht verlassen. Unter ihrer Obhut wäre es auch nicht vorgekommen, dass er morgens vor der Schule noch Deutschaufgaben löste, weil er am Vorabend lieber mit Mini im Garten gespielt hatte, anstatt sich an den Schreibtisch zu setzen.

Sonja Bauer sah es als dringend geboten, dass in den Alltag des Elfjährigen wieder mehr Disziplin einkehrte. Zu dessen Vater sagte sie: »Du willst doch sicher auch nicht, dass aus dem Jungen eines Tages nichts wird, weil er stets tun und lassen konnte, was er wollte.«

Bruno Bauer, der seine Ex-Frau nach dem Abendessen zum Pförtnerhaus begleitete, wo sie sich schlafen legen wollte, blieb abrupt stehen – nicht nur, weil er bezüglich des Jungen völlig anderer Auffassung war, sondern auch, weil ihm ein Kieselstein im Schuh das Gehen unmöglich machte. Auf dem linken Bein balancierend, streifte er sich den rechten Schuh ab.

»Ich finde, dass Paul in der Schule bereits genügend Disziplin abverlangt wird. Irgendwo muss der Junge auch noch Kind sein dürfen. Jedenfalls bin ich überzeugt, dass er … Scheiße!«

»Bruno!« Sonja gab sich entsetzt über den Ausruf ihres Ex-Gatten. In der Dunkelheit konnte sie nicht erkennen, dass er das Gleichgewicht verloren hatte und auf dem staubigen Boden gelandet war.

»Anstatt dich über mein Fluchen aufzuregen, solltest du mir lieber helfen«, raunte er.

Sie trat näher, in der Meinung, er würde nach ihrer ausgestreckten Hand greifen. Er legte jedoch seinen Arm um ihre Schultern, wie er es früher getan hatte, wenn sie vor dem Schlafengehen noch um die Häuser spaziert waren. Sehnsüchtig wartete sie darauf, dass er sie nun auch noch aufforderte, ihre Augen zu schließen, sich von ihm führen zu lassen. Sie war bereit, ihm überallhin zu folgen.

Umso größer ihre Ernüchterung, als Bruno, den Schuh wieder angezogen, den Weg allein fortsetzte und dort mit Reden fortfuhr, wo er eben unterbrochen worden war: bei Paul.

»Aus ihm wird mal was, davon bin ich zweihundertprozentig überzeugt. Schau ihn dir nur an, dieser Wissensdurst, diese Lust am Neuen.

Das Wichtigste überhaupt ist, dass er genügend Freiraum hat…«

»…damit er unbeaufsichtigt vom Fünfmeterturm springen und sich den Kopf aufschlagen kann«, ergänzte Sonja gereizt, während sie zwei Schritte hinter Pauls Vater herging. Eigentlich hatte sie ja die Schwimmbadsache nicht ansprechen wollen, doch irgendwie musste sie ihrer Enttäuschung Ausdruck geben.

In der Tat ging es ihr nach diesem Einwurf bereits besser. Sie wollte dieses Gefühl auskosten, darüber vergessen, dass Bruno ihr seit ihrer Rückkehr zwar freundlich, aber mit großer innerer Distanz gegenübertrat. Es schien, als hegte er keinerlei Gefühle mehr für sie, weder positive noch negative. Sonja Bauer konnte das nach all den gemeinsamen Jahren kaum glauben, sie wollte ihm irgendeine Regung entlocken.

Nachdem er auf ihre Bemerkung hinsichtlich des Turmsprungs nicht eingegangen war, noch nicht einmal den Versuch einer Rechtfertigung unternommen hatte und stattdessen völlig unbeirrt weiter in Richtung Pförtnerhaus ging, griff sie zum Äußersten. Sie konnte ihn stoppen. Sonja wusste auch wie: indem sie Bruno gegenüber andeutete, Paul zu sich holen zu wollen.

»Bei mir wäre der Junge in jeder Hinsicht besser aufgehoben. Ich würde ihm auch keine falschen Versprechungen machen, nicht sagen, dass er sich einen Sonntagsausflug wünschen darf – um ihn dann in letzter Minute an Rosi und den Doktor abzuschieben, die mit ihm ins Moorgebiet zum Wandern gehen.«

Nachdem sie die Worte ausgesprochen hatte, wartete sie gespannt auf seine Reaktion. Ob es ihm nun passte oder nicht, jetzt musste Bruno ihr gegenüber seine Neutralität ablegen. Mit dem eben Gesagten hatte sie ihm klar und deutlich zu verstehen gegeben, dass sie ein Machtmittel in der Hand hatte. Wohl das einzige überhaupt, mit dem sie ihn noch aus der Reserve zu locken vermochte.

Sofern Bruno Bauer seinen Sohn weiterhin sehen wollte, und davon ging sie aus, täte er gut daran, sich mit ihr gutzustellen. Ein falsches Wort oder eine ablehnende Reaktion – und Sonja würde bei Gericht das alleinige Sorgerecht für Paul beantragen. Dass ihre Chancen da gar nicht mal so schlecht stünden, wusste er genauso gut wie sie.

Das war es ja, was Bruno Bauer seit Sonjas Rückkehr schier den Verstand raubte: der Gedanke daran, Paul hergeben zu müssen, weil irgendein Richter aufgrund irgendwelcher Fakten entschied, dass der Junge zu der Mutter gehörte. Allein deshalb bemühte sich der Verwaltungsdirektor, seiner Ex-Frau gegenüber freundlich und loyal zu sein, auch wenn es ihm zuweilen äußerst schwerfiel.

Sonja Bauer war längst nicht mehr die Frau, die er einst geliebt hatte. Des Jungen wegen war Bruno bereit, sich mit ihr zu arrangieren – unabhängig davon, was sie ihm in der Vergangenheit angetan hatte. Aber mit dem, was sie eben gesagt hatte, war sie definitiv zu weit gegangen, hatte sie ihn in einer Weise getroffen, die ihn alles vergessen ließ – seine Herkunft, seine gute Erziehung, seine Werte.

Er sah in dieser dürren Gestalt, die sich im Schein des abnehmenden Mondes wie ein schmaler Strich von der Umgebung abzeichnete, nur noch einen Feind. Einen Menschen, der ihm Böses, sein Glück und das seines Jungen zerstören wollte. Bruno Bauer konnte das nicht zulassen, durfte es nicht, auch weil er Paul so sehr liebte. Der Junge hatte sich in der alten Fabrikantenvilla gut eingelebt, war glücklich mit Rosi, dem Doktor, Katja und ihm, seinem Vater. Es gab keinen

Grund, ihn dieser neuen Umgebung zu entreißen.

»Und wehe dir, wenn du versuchen solltest, etwas daran zu ändern!«

Drohend wie ein Bär baute Bruno Bauer sich vor seiner Ex-Gattin auf. In diesem Moment war ihm egal, ob sie sich vor ihm fürchtete. Umso besser, wenn sie Angst hatte. Sollte sie schreien, sich zu Mini in die Hundehütte flüchten – er hätte sie am liebsten auf dem Mond gesehen, als winzigen Punkt irgendwo im Universum.

»Nur zu deiner Information«, rief er ihr mit bebender Stimme hinterher, »Paul ist nicht vom Fünf-, sondern vom Dreimeterbrett gesprungen. Woher ich das weiß? Ich habe am Beckenrand auf ihn aufgepasst! Aber das willst du ja nicht hören, weil es nicht in dein Weltbild passt, dass ich einmal die Woche mit ihm zum Schwimmen gehe!«

Niemand in der alten Fabrikantenvilla sollte etwas von diesem nächtlichen Zwischenfall erfahren. Zwar glaubte Rosi, kurz nachdem sie die Nachttischlampe ausgemacht hatte, so etwas wie einen Schrei gehört zu haben, doch war sie zu müde, um nochmals aufzustehen und ans Fenster zu gehen. Alle anderen Bewohner schliefen zu dieser vorgerückten Stunde bereits in ihren Zimmern – Katja König ausgenommen, sie verbrachte die Nacht ausnahmsweise in der Klinik am Park, betreute ein schweres Schädel-Hirn-Trauma, das kurz vor Dienstschluss eingeliefert worden war.

Am nächsten Morgen beim Frühstück fiel der Haushälterin lediglich auf, dass es ungewohnt still war am Tisch, ein jeder in seine Gedanken versunken zu sein schien. Vielleicht dünkte es sie auch nur, weil sich der Doktor bereits in den großen Salon zurückgezogen hatte, wo er erneut an Katjas Stelle die Sprechstunde abhalten sollte.

Seit Sonja Bauer zu Gast war, ergriff Bernd König jede sich bietende Gelegenheit, um die Küche vorzeitig zu verlassen. Dabei war er normalerweise derjenige, der nach dem Essen immer am längsten bei Tisch sitzen blieb, vor allem morgens, weil er da noch die Zeitung durchblätterte. Rosi mochte es, wenn er halblaut die neuesten Wirtschaftsmeldungen zitierte, über politische Entscheidungen in Rage geriet, die Todesanzeigen kommentierte, um schließlich mit den Worten »Es steht wieder einmal rein gar nichts drin« die Zeitung auf den Altpapierstapel zu werfen.

Es wunderte die Haushälterin jedoch nicht, dass Bernd König vor Pauls Mutter flüchtete, sich ihrer Anwesenheit entzog, wann immer er nur konnte. Sonja hätte auf jeden Fall besser daran getan, ihm nicht gleich bei der ersten Begegnung kundzutun, dass sie von Rauchern rein gar nichts hielt.

Für sie waren Raucher willensschwache Kreaturen, Egoisten noch dazu, weil sie sich mit ihrer Sucht nicht nur das eigene Grab schaufelten, sondern ihre Umwelt gleich mit ins Verderben rissen – all jene Menschen, die sich dem Passivrauchen nicht entziehen konnten, wie die arme Rosi zum Beispiel, die tagtäglich diesem schrecklichen Tabakgestank ausgesetzt war. Darüber hinaus war Sonja der Meinung, dass der Doktor ein denkbar schlechtes Vorbild für Paul abgab. Wo es doch mit allen Mitteln zu verhindern galt, dass der Junge einmal selbst zum Glimmstängel griff, oder gar zur Zigarre oder Pfeife.

Dr. Bernd König fand diese Vorbilddiskussion völlig übertrieben, dachte nicht im Entferntesten daran, der ungeliebten Besucherin wegen mit dem Rauchen aufzuhören. Doch verspürte er auch keine Lust, ständig von ihr angefeindet zu werden. Denn eigentlich gab es nichts anzufeinden: Wer in der alten Villa zu Gast war, duldete das Verhalten ihrer Bewohner – oder er ging. Das hätte er dieser militanten Teetrinkerin gerne gesagt. Nur wollte er es sich weder mit Rosi noch mit Paul verderben, die beide Sonjas Anwesenheit sehr zu schätzen schienen.

So schwieg der Alte beharrlich, zog sich aber, kaum dass er den letzten Bissen heruntergeschluckt hatte, in sein Zimmer zurück, wo er ungestört seine Meerschaumpfeife anzünden konnte. Wenigstens Katja schien Erbarmen mit ihm zu haben, hatte dem Vater das entwendete Lieblingsstück mit einem Pack bunter Pfeifenstopfer sowie zwei Dosen Early-Morning-Tabak unters Kopfkissen gelegt, so dass er beinahe darauf geschlafen hätte.

Umso süßer waren nach dem unerwarteten Fund seine Träume gewesen – im Gegensatz zu Brunos und Sonjas. Beide hatten keine Ruhe gefunden, die Nacht, ein jeder für sich, mit Grübeln zugebracht – um in den frühen Morgenstunden unabhängig voneinander zu demselben Schluss zu kommen: dass dieser Disput eine einzige große Peinlichkeit gewesen war. Unter erwachsenen Menschen hätte es nie so weit kommen dürfen.

Da saßen sie nun beim Frühstück, unfähig, einander in die Augen zu schauen, zwischen ihnen Paul, das Kind ihrer einstigen Liebe.

»Papa, kannst du mir sagen, welcher der drei Winkel in diesem Dreieck der größte ist und wie ich am schnellsten die Fläche berechnen kann?«

Es blieben dem Jungen nur noch wenige Minuten für die letzte Rechenaufgabe. Die Zeit drängte, die Mathelehrerin duldete keine Verspätung. »Bitte, Papa, du bist doch so gut in Geometrie!« Mit flehendem Blick schob Paul das Heft zum Vater hinüber, doch der schob es gleich wieder zurück.

»Nein, Paul, damit muss jetzt Schluss sein. Ein für alle Mal. Ab sofort erledigst du deine Hausaufgaben wieder dann, wenn die rechte Zeit dazu ist: am Nachmittag nach dem Schulunterricht!«

»Aber gestern war ich doch bei Kevin zum Geburtstag eingeladen. Und danach hatte ich ja noch Fußballtraining.«

Bruno Bauer blieb hart. »Dann hättest du das Fest eben eine halbe Stunde früher verlassen oder das Training ausfallen lassen müssen. Zuerst kommt die Pflicht, dann das Vergnügen.«

Paul gab sich betreten, versprach Besserung – »aber für heute hilfst du mir doch noch, nicht wahr? Ich muss gleich los. Frau Müller kann ziemlich wütend werden, wenn einer die Hausaufgaben nicht gemacht hat.«

»Nein, Paul. Es ist höchste Zeit, dass du Verantwortung für dein Handeln übernimmst. Ich weiß genau, dass du diese Aufgabe lösen könntest, wenn du nicht so unter Druck stündest.«

Frustriert packte Paul sein Schreibzeug zusammen. Er fand es gemein von seinem Vater, dass er plötzlich so stur reagierte. Als Paul das Heft vom Tisch nahm, um es zuzuklappen, streckte Sonja von rechts ihren Arm danach aus.

»Zeig her«, sagte sie, ließ sich vom Sohnemann einen Bleistift reichen und führte ihn mit wenigen Strichen zur Lösung.

Rosi, die Sonja dabei beobachtete, kam aus dem Staunen kaum heraus. Noch am Vortag war es Sonja gewesen, die am Frühstückstisch lauthals protestiert hatte, dass Bruno dem Jungen bei den Aufgaben zur Hand ging. Und nun ging sie so weit, dass sie Paul sogar das Resultat hinschrieb und mit dem Lineal doppelt unterstrich!

Kaum verwunderlich, dass dieser Sinneswandel ganz nach dem Geschmack des Jungen war, der beinahe hüpfend das Haus verließ und darüber vergaß, sein Pausenbrot einzupacken.

Bruno Bauer nahm den liegengebliebenen Beutel an sich, eilte Paul über den Vorplatz hinterher, während Sonja ihren Teller in den Geschirrschrank zurückstellte. Sie hatte keinen Appetit. Auch ihr Ex-Mann hatte nichts gegessen. Das Vollkornbrötchen, das er sich aus dem Korb genommen hatte, lag unangetastet neben der Serviette.

Rosi schlug vor, es ihm einzupacken – »vielleicht hat er ja später Lust darauf«.

Nachdem Sonja die hellgelbe Papierserviette entfaltet und das Brötchen in die Mitte gelegt hatte, fragte sie die Haushälterin, ob es im Haus ein Telefonbuch gebe.

»Klar«, erwiderte Rosi. »Was brauchst du denn für eine Nummer? Ich kann sie dir herausschreiben.«

Sorgfältig legte Sonja Bauer die Ecken der Serviette übers Brötchen. Sie brauchte nicht eine Nummer, sondern mehrere – »es sei denn, du kannst mir auswendig sagen, welches die günstigste Pension hier in der Umgebung ist. Wenn nicht, wird mir nichts anderes übrig bleiben, als alle Pensionen und Hotels der Reihe nach anzurufen.«

»Wie? Du willst ausziehen!« Rosi war entsetzt. »Aber warum denn?«

»Ich ...« Sonja gab das Brötchen neben Brunos Geldbeutel und legte noch einen Apfel und eine Banane dazu. »Heute endet die Baumesse, und damit gibt es wieder jede Menge freie Zimmer. Ich will nicht länger ...«

»Bruno!«, rief die Haushälterin, als der Verwaltungsdirektor der Klinik am Park zur Tür hereinkam. »Stell dir vor, Sonja will in eine Pension ziehen und viel Geld bezahlen, wo sie hier doch kostenlos wohnen kann! Das ist völliger Schwachsinn! Sag ihr, dass sie bleiben muss!«

Was hätte Pauls Vater daraufhin antworten sollen? Dass es ihm in der Tat lieber wäre, Sonja würde ihre Koffer packen und gehen – nicht bloß seinetwegen, sondern auch wegen Katja und dem Doktor? Nur: Was geschah dann mit Paul? Bruno Bauer wollte unter gar keinen Umständen, dass sein Sohn Gegenstand eines Rechtsstreits würde. Man musste hinsichtlich des Sorgerechts eine Lösung finden, die für alle drei annehmbar wäre. Doch dafür brauchte es Zeit. Und es war ihm lieber, Sonja verbrachte diese Zeit in seiner Nähe, als dass sie sich in einer Pension einmietete, wo sie dann – einsam und auf sich gestellt – doch noch auf die Idee käme, die nächtliche Drohung in die Tat umzusetzen.

Dr. Katja König war an diesem Morgen müde. Müde und übel gelaunt. Müde, weil sie nicht geschlafen hatte. Das Schädel-Hirn-Trauma hatte Komplikationen gemacht. Kurz nach zwei Uhr in der Früh war der Hirndruck so stark angewachsen, dass Dr. König eine Kraniektomie hatte vornehmen müssen. Die operative Entfernung von Teilen des Schädeldachs war die letzte Möglichkeit, den Patienten zu retten, nachdem alle anderen Maßnahmen zur Senkung des Hirndrucks fehlgeschlagen waren.

Fast drei Stunden hatte sie im Operationssaal gestanden, um später von der Gattin des Patienten aufs Übelste beschimpft zu werden. Die Frau, offenbar eine Nachbarin von Professor Winter, war überzeugt davon, dass ihr Mann auch ohne den riskanten Eingriff überlebt hätte. Sie unterstellte der Oberärztin sogar, den Eingriff nur deshalb durchgeführt zu haben, um zu beweisen, wie gut sie wäre.

Katja König führte die Beleidigung auf die psychische Ausnahmesituation zurück, in der die

Frau sich befand. In ihrer Angst um den Gatten sagte sie Dinge, die sie so nicht meinte – nicht meinen konnte, denn aus medizinischer Sicht stand die Notwendigkeit des Eingriffs außer Zweifel. Das teilte sie auch dem Professor mit, der – obwohl immer noch im Urlaub – kurz vor halb acht Uhr in Dr. Königs Büro anrief, um sich nach dem aktuellen Zustand des Patienten zu erkundigen.

Es war dieser Anruf, der die Oberärztin wütend machte. Während der letzten zehn Tage hatte sich Ludwig Winter nie bei ihr gemeldet, abgesehen von der E-Mail, in der er ihr mitgeteilt hatte, dass sich seine Rückkehr verzögern würde. Es war ihm egal gewesen, wie Katja König all ihre Aufgaben bewältigte. Und nun, aufgrund der Reaktion einer Nachbarin, mischte er sich plötzlich aus der Ferne ins Geschehen ein. Dr. König empfand dies als zutiefst unfair und verletzend.

Sie wollte Bruno Bauer davon erzählen, ihm ihr Leid klagen, sich von ihm ein paar wohltuende Streicheleinheiten holen, ehe sie wieder auf die Station ging. Wenn jemand Katja aufheitern konnte, dann er.

»Bruno?«

Dr. König betrat das leere Büro, lehnte sich über den Schreibtisch, um zu schauen, ob der Computerbildschirm flimmerte. Nichts. Dann sah sie auf die Zeitanzeige beim Telefon. Es war acht vorbei, eigentlich hätte er längst hier sein müssen.

»Ach«, hörte die Ärztin eine Stimme hinter sich, »Sie sind es. Ich dachte schon, ein Unbefugter hielte sich im Zimmer des Direktors auf!«

Es schien definitiv nicht Katja Königs Morgen zu sein. Sie mochte Bruno Bauers Sekretärin wirklich sehr, aber alles zu seiner Zeit. Wetten, dass sie gleich anfing, von der verschobenen Verlobung zu sprechen? Wenn es etwas gab, woran Dr. König in diesem Moment nicht erinnert werden wollte, dann an Sonja Bauer und die Umstände ihres plötzlichen Erscheinens. Es reichte ihr völlig, Pauls Mutter nach Dienstschluss in der alten Fabrikantenvilla sehen zu müssen.

Wie es dringend nötig war, dass der Professor endlich aus seinem Urlaub zurückkehrte, so war es immer nötiger geworden, dass Sonja Bauer ihre anfängliche Absicht wahr machte und sich zum Wochenende hin eine andere Bleibe suchte. Selbst Paul dürfte nichts mehr dagegen einzuwenden haben. Nicht, nachdem er sich bei Katja darüber beklagt hatte, dass seine Mutter so schrecklich streng wäre und über jeden seiner Schritte informiert sein wollte.

Es kam daher, dass Sonja Bauer nichts zu tun hatte, außer eben Aufpasserin für ihren Sohn zu spielen. Katja König wäre das zu wenig gewesen. Doch stand es ihr nicht zu, Pauls Mutter zu empfehlen, sie solle sich eine Beschäftigung suchen, am besten eine Arbeit, mit der sie genug verdiente, um sich ein eigenes Dach über dem Kopf leisten zu können. Dort könnte sie dann tun und lassen, was sie wollte. Hauptsache, die Ärztin brauchte sich das ständige Genörgel wegen Bernds Pfeife nicht mehr anzuhören – und die vorwurfsvollen Blicke nicht mehr ertragen, wenn sie mal spontan ihren Arm um Bruno Bauer legte. Als ob sie der Grund für ihre Scheidung gewesen wäre!

Dr. König ertappte sich dabei, dass sie noch übellauniger wurde, je länger sie über Brunos Ex-Gattin nachdachte. Dabei hatte Brunos Sekretärin die verschobene Verlobungsfeier mit keinem Wort erwähnt, sondern Katja nur gefragt, ob sie einen Kaffee trinken wollte. Immerhin: Der Duft von frisch gemahlenen Kaffeebohnen in der Nase stimmte die Ärztin versöhnlich. Und die zwei gehäuften Löffel Zucker taten das ihre, um Katjas Kreislauf wieder auf Touren zu bringen.

Als Bruno Bauer wenig später auftauchte, fühlte sie sich überhaupt nicht mehr niedergeschlagen, ein bisschen müde noch, aber das würde sich im Laufe des Vormittags sicher noch legen. Jedenfalls hatte es das noch stets getan. Es war schließlich nicht das erste Mal, dass die Chirurgin achtundvierzig Stunden am Stück arbeitete.

Während die Sekretärin in der Kantine eine zweite Tasse Kaffee für den Verwaltungsdirektor organisierte, schmiegte sie ihren blonden Schopf an ihn.

»Tut mir leid, dass ich dich heute Nacht allein gelassen habe«, flüsterte sie. »Das soll so schnell nicht wieder vorkommen. Bist du mir böse?«

»Nein. Warum?«

Sie löste sich von ihm. »Weil du... hey, was versteckst du denn da hinter deinem Rücken? Zeig schon her! Ich will sehen!«

Es war Bruno Bauer sichtlich unangenehm, Katja den Plastikbeutel auszuhändigen. Er hatte das Ding im Klinikmülleimer entsorgen oder noch besser Sonja klipp und klar sagen wollen, dass er keine Zwischenverpflegung wünschte. Schon gar keine Banane, die er nicht mochte, und keinen Apfel, von dem er Hautausschlag bekam. Zudem aß Bruno Vollkornbrot nur mit Butter und einer dicken Schicht Käse obendrauf.

»Trotzdem hast du es dir von ihr aufschwatzen lassen«, bemerkte Katja König völlig zu Recht. Ihr ging es weder um die Banane noch um den Apfel und schon gar nicht um das Vollkornbrötchen. Was der Ärztin zu denken gab, war die Geste selbst, die sichtbare Tatsache, dass Sonja ihren Ex-Mann immer noch liebte – »denn wenn du ihr egal wärst, würde sie sich mit Sicherheit nicht so um dich kümmern!«

»Selbst wenn dem so sein sollte«, erwiderte Bruno Bauer, nachdem er die Tür zum Vorzimmer sachte geschlossen hatte. »Für eine Beziehung braucht es immer zwei.« Dann nahm er Katja die Tüte aus der Hand, machte einen Knoten hinein und legte sie ganz oben aufs Büchergestell. »Ich liebe *dich*, nicht Sonja!«

»Aber du hast sie mal geliebt«, gab Dr. König zu bedenken. »Sonst hättest du sie nicht geheiratet und ein Kind mit ihr gehabt.«

»Das ist lange her!«

»Paul ist Realität. Er ist dein Sohn und das

Kind deiner Ex-Frau. Und er wird es immer bleiben.«

Einen Moment lang war Bruno Bauer versucht, Katja König von der vergangenen Nacht zu erzählen. Von dem unschönen Disput mit Sonja, seiner Angst, das Sorgerecht für Paul zu verlieren. Doch dann klopfte die Sekretärin an die Tür, um den Kaffee sowie zwei Butterhörnchen zu bringen – und die Vertrautheit war wie weggeblasen. Wie zwei Fremde standen sich die Oberärztin und der Verwaltungsdirektor gegenüber, auch dann noch, als die Sekretärin den Raum längst wieder verlassen hatte.

»Ich muss dann mal«, meinte Dr. König mit Blick auf ihre nicht vorhandene Uhr. Es war ein Tick von ihr, in unangenehmen Situationen auf ihr Handgelenk zu schauen, obwohl sie nie eine Armbanduhr trug.

»Hast du einen Termin?«, fragte Bruno Bauer nebenbei.

»Dutzende«, erwiderte sie geschäftig, die Hand bereits am Türknauf.

»Findest du nicht, wir sollten reden?«

»Ja, das sollten wir.«

Er streckte seinen Arm nach ihr aus: »Dann bleib hier!«

Sie drückte die Hand nach unten. »Nicht jetzt, Bruno. Lass uns warten, bis Sonja ausgezogen ist. Wir brauchen jetzt Distanz zu ihr. Lange kann es ja nicht mehr dauern, immerhin ist heute schon Freitag.«

»Ich…« Bruno Bauers Stimme versagte, als Katja sich zu ihm umdrehte, ihn mit ihren smaragdgrünen Augen herausfordernd anschaute.

»Ist noch was?«

»Was soll schon sein?«, meinte er.

Sie lächelte angespannt. »Gut, dann gehe ich jetzt kurz auf die Station und anschließend zu einem Gespräch mit dem Schmerzspezialisten. Ich habe dir doch von diesem Kopfschmerzpatienten erzählt, der mich bereits mehrmals in der Villa aufgesucht hat.«

Der Verwaltungsdirektor nickte. Er hätte auch genickt, wenn Katja sonst was gesagt hätte. Hauptsache, sie hakte nicht nach hinsichtlich Sonjas Auszugstermin.


Im weiteren Verlauf dieses Vormittags hatte Dr. Katja König ohnehin anderes zu tun, als ihre Gedanken um Bruno Bauers Ex-Frau kreisen zu lassen. Als Erstes ging es darum, der völlig außer sich geratenen Gattin des Schädel-Hirn-Trauma-Patienten zu erklären, weshalb der Mann nicht nur am Kopf, sondern auch im Bauchbereich operiert worden war – und entsprechende Verbände aufwies.

Die Oberärztin verstand, dass einem medizinischen Laien der Zusammenhang zwischen den beiden Eingriffen sich nicht auf Anhieb erschloss. Tatsache war, dass der entnommene Teil der Schädeldecke irgendwo aufbewahrt werden musste, entweder in einem speziellen Tiefkühler oder eben in der Bauchhöhle des Patienten. Dr. König hatte sich für die zweite Variante entschieden, auch weil sie davon ausging, dass die Reimplantation des Knochens bereits in wenigen Tagen stattfinden konnte.

Das alles legte sie ihrem Gegenüber geduldig dar und wurde anschließend Zeugin, wie die Frau erneut die Handynummer des Professors wählte, um sich von ihm bestätigen zu lassen, was Katja König eben gesagt hatte. Zum Schluss des Telefonats hatte sie sogar noch die Frechheit, der Ärztin das Gerät zu reichen, damit Ludwig Winter seiner Oberärztin mitteilen konnte, dass die Betreuung des besagten Patienten ab sofort Chefsache wäre – »bis zu meinem Eintreffen in der

Klinik unternehmen Sie bitte nichts, was das Leben des Patienten gefährden könnte«.

Gefährden? Dr. König hätte das Mobiltelefon am liebsten an die Wand geworfen. Einzig die Anwesenheit von Ludwig Winters Nachbarin hielt sie davon ab. Sie wartete doch nur darauf, die in ihren Augen unfähige Ärztin ihre Kontrolle verlieren zu sehen. Nein, den Gefallen würde Dr. König ihr nicht tun. Ganz egal, ob sie in diesem Moment arrogant wirkte, es ging der Chirurgin nur darum, möglichst souverän den Raum zu verlassen.

Das gelang ihr auch, mit hoch erhobenem Haupt, obwohl sie innerlich völlig geknickt war. Wie kam der Professor nur dazu, ihr so offensichtlich zu misstrauen? Warum zählte das Wort einer hyperventilierenden Patientengattin auf einmal mehr als das von Ludwig Winters engster Mitarbeiterin? Was war bloß in ihn gefahren, dass er plötzlich so unwirsch reagierte?

Noch nie hatte der Professor Katja König einen Fall entzogen – mit einer einzigen Ausnahme: als bei ihrem Vater zum zweiten Mal eine Notoperation hatte vorgenommen werden müssen. Aber das war ja wohl nicht vergleichbar. Hier ging es um einen Routinefall. Bei schönem Wetter wurden beinahe täglich Hobby-Radrennfahrer in die Klinik am Park eingeliefert – vor allem solche, die keinen Helm getragen und sich beim Sturz schwere Hirnverletzungen zugezogen hatten. Der Nachbar des Professors machte da keine Ausnahme.

Wie auch immer. Dr. König musste sich von dem Fall lösen. Sie hätte sich längst zu dem Gespräch zwischen dem Schmerzspezialisten und Frederik Gander gesellen sollen. Mit über einer Stunde Verspätung traf die Ärztin im zweiten Stock des Nebengebäudes ein. Sie war gespannt auf die Einschätzung des Neurologen. Der Kollege war erst wenige Tage zuvor vom städtischen Tumorzentrum an die Klinik am Park gewechselt, wo er mit dem Aufbau einer Palliativ-Abteilung betraut war.

Es war Bruno Bauers Idee gewesen, die Klinik um eine Station zu erweitern, wo todkranke Patienten ihren letzten Lebensabschnitt möglichst schmerzfrei verbringen konnten. Katja König, die als Ärztin alle Energie darauf verwendete, Menschen gesund zu machen, hatte anfänglich Probleme damit gehabt, dass hier ein Ort geschaffen werden sollte, an den Patienten nur zum Sterben kamen. Für sie starb die Hoffnung immer zuletzt.

Andererseits konnte auch sie sich der Einsicht nicht verschließen, dass in manchen Fällen selbst die moderne Medizin nichts mehr ausrichten konnte. Obwohl während der letzten Jahrzehnte in den Diagnose- und Therapieverfahren riesige Fortschritte erzielt worden waren, gab es immer noch medizinische Bereiche, die nahezu unerforscht waren, wo Ärzte und Patienten gleichermaßen vor einem Rätsel standen, wie bei der Fibromyalgie zum Beispiel.

Zur Vorbereitung auf das Gespräch mit dem Schmerzspezialisten und Frederik Gander hatte sich Dr. König auf den neuesten Stand der Wissenschaft gebracht. Nach wie vor war es den Forschern nicht gelungen, die Ursachen dieser chronischen, nichtentzündlichen, weichteilrheumatischen Erkrankung herauszufinden. Fest stand nur, dass die Fibromyalgie nicht tödlich war, plötzlich auftreten konnte, zum Beispiel nach einer grippeähnlichen Erkrankung, oder schleichend und dass die Betroffenen durch die schubartigen Schmerzen zum Teil massiv in ihrer Lebensqualität eingeschränkt wurden.

Dr. König erinnerte sich an ihr Telefonat mit Frederik Gander vom vergangenen Samstag. Da war es ihm auch ganz plötzlich sehr schlecht ge-

gangen, hatte er nicht einmal mehr die Kraft auf-
bringen können, erneut in die alte Villa zu kommen. Sollte er wirklich einer der seltenen Betroffenen sein, so musste er leider damit leben, dass
noch keine Medikamente gegen diese Krankheit
existierten. Allenfalls konnte eine Ernährungs-
umstellung Erleichterung bringen, auch Kranken-
gymnastik konnte helfen, im Detail müsste die
Therapie aber ohnehin mit dem Schmerzspezialisten abgesprochen werden.

»Darf ich?«

Zum zweiten Mal an diesem Morgen betrat
Dr. König ein leeres Büro, glaubte es jedenfalls, bis sie den Kollegen unter dem Schreibtisch beim Zusammenstecken von Computerka-
beln entdeckte.

»Ist das Gespräch mit Herrn Gander bereits
beendet?«

»Es hat gar nicht erst begonnen«, antwortete
der Gefragte, während er auf allen vieren unter der Tischplatte hervorgekrochen kam. »Als
er mich gesehen hat, ist er gleich wieder gegangen.«

»Eigenartig«, murmelte Dr. König und muster-
te den im Aufstehen begriffenen Kollegen. »Sie
sehen gar nicht zum Davonlaufen aus.«

Breit grinsend bedankte er sich für das Kompliment. »Ich kann es nur zurückgeben. Dr. König? Nicht wahr?«

Katja erwiderte den Händedruck und entschuldigte sich für die Verspätung. »Manchmal wünschte ich mir, wir hätten es nur mit den Patienten zu tun und nicht auch noch mit deren Angehörigen.«

»Die sind zuweilen aber fast wichtiger als die Patienten selbst«, gab der Kollege zu bedenken. »Schauen Sie sich doch Frederik Gander an!«

»Wie? Sie kennen Frederik Gander?«

»Flüchtig.« Der Schmerzspezialist kannte vor allem dessen Frau. »Emma arbeitet in der städtischen Tumorklinik als Krankenschwester. Sie ahnen ja nicht, was dieses arme Geschöpf mit ihrem Mann durchmacht. Wahrscheinlich gibt es bald keinen Arzt mehr im Umkreis von fünfzig Kilometern, bei dem er nicht schon gewesen ist. Womit ist er denn zu Ihnen gekommen? Lassen Sie mich raten: Gicht in den Knien? Oder Schwindelanfälle?«

Katja König wäre am liebsten in den Boden versunken. Sie war also tatsächlich einem Hypochonder auf den Leim gegangen! Sie, die immer gedacht hatte, ihr könnte so etwas nicht passieren. Wie stand sie denn jetzt da vor dem neuen Kollegen, der eben erst sein Büro bezogen hatte?

»Machen Sie sich darüber keine Gedanken, ich bin vor vier Jahren auch auf ihn reingefallen. Seither beißt er bei mir auf Granit. Ich rate Ihnen dringend dazu, es mir gleichzutun. Fragen Sie Emma, die kann Ihnen sagen, zu welchen Schikanen ein eingebildeter Kranker fähig ist!«

Es ging Frederik Gander überhaupt nicht darum, die Menschen in seinem Umfeld zu schikanieren. Das Einzige, was ihn interessierte, war er selbst, seine körperliche Verfassung, die Frage, wie lange er noch zu leben hatte. Dass ihn diese Frage bei allem, was er tat, verfolgte, hatte einen Grund. Er lag tief in der Vergangenheit verborgen, mehr als dreißig Jahre zurück.

Alles hatte damit begonnen, dass sein Großvater gestorben war. Vor seinem Ableben hatte der Mann längere Zeit über diffuse Schmerzen geklagt, doch der Arzt hatte nichts finden können. Erst die Obduktion der Leiche hatte ergeben, dass im Körper des Verstorbenen der Krebs sich vollständig ausgebreitet hatte. Damals war Frederik Gander fünfzehn Jahre alt gewesen.

Kein Jahr später hatte sich sein Vater einer Bypassoperation unterziehen müssen, in deren Folge er ständig ein beklemmendes Gefühl in der Brustgegend empfunden hatte, dem mit keinerlei Maßnahmen abzuhelfen gewesen war – bis der behandelnde Arzt dem Patienten eine Reise in den trockenen Süden Afrikas empfohlen hatte. Dort, in der Wüste, hatte der Operierte einen Infarkt erlitten und mehrere Monate in einem fernen Krankenhaus zubringen müssen, ehe er verstarb.

Im Alter von achtzehn Jahren hatte Frederik Gander dann erstmals selbst das Gefühl, Opfer eines Herzinfarkts zu werden. Doch der Hausarzt hatte nichts Pathologisches diagnostizieren können und ihn an einen Spezialisten überwiesen. In dessen Praxis hatte er Emma kennen gelernt. Sie arbeitete als Arzthelferin, bevor sie eine Ausbildung zur Krankenschwester begann. In Emma fand Frederik Gander eine einfühlsame Partnerin. An ihrer Seite vergaß er seine Herzschmerzen.

Die beiden verbrachten eine gute Zeit zusammen. Er absolvierte nebenher eine Abendschule, denn sein erklärtes Ziel war es, sich als Architekt selbständig zu machen. Ihr eigenes Traumhaus hatten die beiden bereits gefunden: eine alte, verwaiste Mühle. Nicht sonderlich groß, aber idyllisch gelegen an einem kleinen Bach. Hier sollten ihre Kinder aufwachsen, wollte Emma medizinische Massagen anbieten, um sich etwas dazuzuverdienen, sobald der Nachwuchs da wäre.

Aber noch ehe sie schwanger wurde, nur zwei Monate vor Abschluss der Abendschule, ereilte Emmas Bruder der Sekundentod. Und das Schlimmste: Frederik Gander war dabei, als der sportliche Fünfunddreißigjährige in einem Restaurant plötzlich vom Stuhl kippte. Er wollte ihn noch beatmen, aber das Herz des Schwagers hatte bereits zu schlagen aufgehört.

Von da an war Frederik Gander ein anderer Mensch. Statt sich auf die Prüfung vorzubereiten, arbeitete er akribisch die Krankengeschichten seiner Vorfahren durch. Er fing an, seinem Körper übertriebene Aufmerksamkeit zu schenken, aus Angst, er könnte der nächste Todeskandidat sein. Der kleinste Husten löste bei ihm Panikattacken aus, führte schließlich sogar dazu, dass man aus der mittlerweile umgebauten Mühle wieder auszog.

»Frederik war von der fixen Idee nicht abzubringen, dass das Grundstück hochgradig verstrahlt sei«, erzählte Emma Gander, während sie mit der Handinnenfläche über das niedere Salontischchen fuhr, um die feine Staubschicht zu entfernen. Sie hatte ja nicht ahnen können, dass sie Besuch bekäme. Von den dutzenden Ärzten, die ihr Mann bislang kontaktiert hatte, war noch keiner privat bei ihnen aufgetaucht, schon gar nicht bei Emma und erst recht nicht, seitdem sie von Frederik getrennt lebte.

»Sie, Frau Doktor, sind die Erste überhaupt, die sich für die Hintergründe zu interessieren scheint. All Ihre Kollegen haben sich damit begnügt, Honorarforderungen zu stellen. Am saftigsten waren immer die Rechnungen von diesem Neurologen. Er hat Frederik, auf sein Drängen hin, zu fünfzig Prozent arbeitsunfähig geschrieben.«

Und Katja König hatte gedacht, dass der Patient aus freien Stücken nur halbtags tätig wäre.

»Von wegen!« Emma deutete mit dem Kinn auf ihre linke Achsel. »Rheuma in beiden Schultern. Andere schuften damit sogar noch auf dem Bau, aber nicht Frederik. Dabei würde es ihm hundertmal besser gehen, wenn er beschäftigt wäre –

nicht nur nachmittags zwischen zwei und sechs Uhr. Wissen Sie, wie er den Rest der Zeit verbringt?«

Dr. König konnte es sich lebhaft vorstellen, wollte aber nicht vorgreifen.

»Mit der Lektüre von Gesundheitsmagazinen, Autobiografien von Schwerstkranken und solchem Zeugs! Es gibt keine Medizinsendung im Fernsehen, die er nicht aufzeichnet und sich dann mindestens dreimal anguckt. Sie sollten mal seine Wohnung sehen, da sieht es aus wie in einer Arztpraxis, da liegen mindestens zwanzig verschiedene Blutdruckmessgeräte herum. Wann immer wieder ein neues Gerät auf den Markt kommt, kauft er es.«

Deshalb hatte sich Frederik Gander so vehement gegen einen Hausbesuch gewehrt! Nun leuchtete der Ärztin so manches ein, auch, dass er nicht über seine Frau hatte reden wollen. Natürlich nicht, sonst hätte er dazu stehen müssen, dass sie ihn vor zehn Monaten verlassen hatte.

»Ich hätte schon viel früher gehen sollen, habe es aber nie geschafft. Fragen Sie mich nicht warum, vielleicht aus Mitleid, vielleicht aus Liebe, vielleicht auch aus einer Mischung von allem. Fünfzehn Jahre meines Lebens habe ich damit zugebracht, mir seine Leiden anzuhören – bis er mich eines schönen Abends mit einem Messband in der Hand an der Wohnungstüre empfing.« Emma Gander schauderte. »Die Situation war unendlich grotesk. An diesem Tag musste ich im Tumorzentrum eine fünfundzwanzigjährige Krebspatientin in den Operationssaal schieben. Die junge Frau kam drei Stunden später ohne Brüste wieder aus dem OP – mit einer Lebenserwartung von noch höchstens einem Jahr. Wie gesagt, als ich später nach Hause kam, stand er im Pyjama im Türrahmen und bat mich, an ihm Maß zu nehmen.«

»Wozu denn das?«, erkundigte sich die Ärztin.

»Sie werden es nicht glauben«, betonte die Gefragte, »aber alles, was ich Ihnen sage, stimmt: Frederik brauchte seine Maße, um einen Sarg zu bestellen! Es war zu der Zeit, wo er hin und wieder Herpesbläschen an den Lippen hatte, von denen er glaubte, sie würden ihn über kurz oder lang umbringen.«

Ungläubig schüttelte Dr. Katja König den Kopf. »Das darf doch nicht wahr sein!«

»Nun, das Beste kommt erst noch«, versprach die Ehefrau des Hypochonders. »Als ich ihm

Größe, Brust- und Hüftumfang auf den Zentimeter genau diktiert hatte, bot er mir an, dasselbe bei mir vorzunehmen. Da habe ich ihm das Messband aus der Hand gerissen, es mit seiner sterilen Verbandsschere in hundert Stücke geschnitten, bin ins Schlafzimmer gerannt und habe meine wichtigsten Dinge zusammengeräumt... Tja, der Rest ist Geschichte. Ich war seither nicht mehr in der Wohnung, habe nur am Telefon mit ihm gesprochen. Er weiß, dass ich die Scheidung einreichen werde. Ich will nicht mehr zu ihm zurück.«

Dr. König schaute sich in Emma Ganders neuem Zuhause um. Es bestand aus einem einzigen Raum von etwa vierzig Quadratmetern Größe.

»Mehr als diese Wohnung ist bei meinem Gehalt nicht drin. Ich will keinen Unterhalt von Frederik. Er soll sein Geld für Blutdruckmessgeräte und anderen Blödsinn ausgeben. Alles, was Sie hier an Möbeln sehen, habe ich nach meinem Geschmack ausgesucht und von meinem Geld bezahlt.«

Ein zufriedenes Lächeln huschte über ihr Gesicht. Emma Gander war keine Schönheit, zumindest nicht im klassischen Sinne. Dazu war ihr Körper zu rund und ihre Haut zu faltig. Katja

König schätzte sie auf Ende vierzig, Anfang fünfzig. Eine Frau in den besten Jahren, die verständlicherweise noch etwas vom Leben haben wollte.

»Wissen Sie, dass wir nach dem Tod meines Bruders nie mehr auswärts essen gegangen sind? Nie mehr in einem Kino oder einem Konzert waren? Frederik vermutet überall krank machende Keime. Als ich ihm übrigens erzählt habe, dass der Großteil meiner Wohnungseinrichtung vom Trödler stamme, hat er das Telefon eingehängt. Wohl aus Angst, eine Laus oder sonst irgendein Ungeziefer hätte durch den Hörer kriechen können.«

Unglaublich, in welchem Ausmaß die Krankheit von Frederik Gander Besitz genommen hatte. Für Dr. König stand mehr denn je fest, dass ihm geholfen werden musste, nur wie, das war ihr noch nicht klar.

»Kommen Sie ihm bloß nicht mit Psychologen und Psychiatern, dann flippt er aus«, warnte Emma Gander die Ärztin.

»Aber anders wird er nicht zu therapieren sein«, entgegnete Katja König nachdenklich.

»Eben. Und deshalb werden Sie wahrscheinlich irgendwann zum selben Schluss kommen wie ich: dass Frederik nicht zu helfen ist. Dieser

Mann will es nicht anders. Er gefällt sich in der Rolle des Hypochonders – nur bin ich nicht länger bereit, die Statistin in seinem Theater zu spielen. Unter einer Partnerschaft verstehe ich etwas anderes.«

Einen solchen Partner hätte Dr. König auch nicht gewollt. Dann lieber alleine leben als mit jemandem an der Seite, der nur seine eigenen Bedürfnisse kannte. Der Sinn einer Partnerschaft bestand ja gerade darin, dass man sich austauschte, den Weg gemeinsam ging und nicht ein jeder für sich, womöglich noch in verschiedene Richtungen.

Zum Glück sah Bruno Bauer das genauso, daher konnte sich die Ärztin darauf verlassen, dass er nie etwas täte, was nicht in ihrem Sinne wäre. Bislang zumindest. Nun, dass es vor allem auf seine Initiative hin geschah, dass Sonja vorerst in der alten Fabrikantenvilla wohnen blieb, erfuhr Katja König erst, nachdem sie das Wohnhaus von Emma Gander verlassen und nach Hause zurückgekehrt war.


Beim Betreten der Küche hatte die Ärztin noch keinen Grund zum Argwohn, ganz im Gegenteil.

Sie durfte sogar davon ausgehen, dass Sonja Bauer bereits ausgezogen war, da auf ihrem Platz am Tisch das Gedeck fehlte. Zufrieden die Hände reibend, setzte Katja sich neben ihren Vater an den Tisch. Es duftete nach Sauerbraten. Die Knödel und die Sauce standen schon bereit. Von Bruno Bauer ließ sich die Ärztin einen Kartoffelkloß reichen, derweil sie Rosi beim Aufschneiden des Fleisches beobachtete. Wenn die Haushälterin das Lieblingsgericht des Doktors kochte, dann nicht ohne Grund. Was sie wohl im Schilde führte?

Rosis Plan war so gerissen wie der Sauerbraten lecker: Sie wollte Bernd König milde stimmen. Ansonsten hätte sie ihn gar nicht erst zu fragen brauchen, ob er bereit wäre, Sonja Bauer hin und wieder seinen Wagen zu leihen, damit sie mit Rosis Kräutern die Märkte der Umgebung besuchen könnte. Die Karre stand sowieso meist in der Garage, seit der Doktor keine Hausbesuche mehr machte. Indirekt würde Sonjas Beschäftigung auch ihm zugutekommen – dadurch, dass sie dann häufiger weg wäre, was umso wichtiger war, als ihr Aufenthalt in dem Haus noch völlig unabsehbar war. Wenn die Sache mit den Kräutern gut anlief, wovon ausgegangen werden konnte, gab es eigentlich keinen Grund, weshalb Pauls

Mutter nicht für immer im Pförtnerhaus wohnen bleiben sollte, fand Rosi. Und außerdem durften alle am Tisch ruhig wissen, dass Sonja an diesem Freitagabend bereits ihren ersten Einsatz als Marktverkäuferin absolvierte: auf dem Kirchgemeindefest im Nachbardorf.

»Morgen dann hilft sie mir auf dem Wochenmarkt, und am Montag und Dienstag gehen wir zusammen in den Wald, um Kräuter zu sammeln.«

Für Katja König klang das noch nicht danach, als wäre Sonja auf dem Absprung in ein eigenes Leben. Wie lange wollte Bruno noch warten, bis er ihr sagte, dass es höchste Zeit wäre zu gehen? Er musste doch ebenfalls feststellen, dass ohne seine Ex-Frau alles viel harmonischer war: das Essen, die Gespräche bei Tisch, selbst der Abwasch lief entspannter ab, weil einmal keine Regieanweisungen gegeben wurden, sondern jeder tat, wozu er gerade Lust hatte: Bruno spülte, Katja trocknete ab, Rosi räumte das Geschirr auf, Paul reinigte den Tisch – und Bernd stopfte sich genüsslich eine Pfeife.

»Ist dir nicht aufgefallen, wie selig mein Vater war?«, erkundigte sich Katja bei Bruno, als sie wenig später mit Mini eine Runde durch den Garten drehten. »Er wirkte so zufrieden wie lange nicht mehr.«

Der Verwaltungsdirektor ahnte, worauf die Ärztin abzielte, glaubte jedoch nicht, dass Bernd nur deshalb so gut drauf war, weil Sonja fehlte. »Du solltest ihren Einfluss auf deinen Vater nicht überschätzen. Vielleicht hat es ihm auch einfach gutgetan, heute Vormittag in der Praxis zu arbeiten.«

Das war es nicht, davon war Katja König überzeugt. »Und das weißt du genauso gut wie ich, Bruno. Du bist ebenso verschlossen wie mein Vater, wenn Sonja am Tisch sitzt. Unter uns gesagt: Ich kann es kaum noch erwarten, bis sie endlich weg ist. Ich will unser altes Leben zurück. Du nicht auch?«

Um nicht antworten zu müssen, rief der Verwaltungsdirektor nach Mini. »Jetzt komm schon her, und lass die armen Katzen in Ruhe!«

»Lenk nicht ab. Da sind keine Katzen.«

»Bist du dir da ganz sicher?«

»Ich wäre froh, mir bezüglich des Abreisetermins deiner Ex-Frau so sicher zu sein«, meinte Katja lakonisch.

Bruno bat sie um Geduld. »Für Sonja ist die Situation nicht leicht.«

»Für mich auch nicht«, entfuhr es der Ärztin. »In Momenten wie diesem habe ich den Eindruck, dass du sie entgegen all deinen Beteuerungen immer noch liebst!«

»Du spinnst!« Er wollte Katja bei der Hand nehmen, doch die war bereits umgekehrt und lief zum Haus zurück.

Bevor Bruno Bauer nicht klar Stellung bezog, wollte die Ärztin nichts mehr mit ihm zu tun haben – selbst auf die Gefahr hin, dass dies das Ende ihrer Beziehung bedeuten sollte.

Sosehr Dr. Katja König sich auch einzureden versuchte, dass dieser Samstag ein ganz normaler Tag wäre – er war es nicht. Schon dass die Praxis geschlossen blieb, war ungewohnt. Eine halbe Stunde später als sonst trank die Ärztin ihren Morgenkaffee und verzichtete darauf, sich hinzusetzen, weil sie mutterseelenallein in der Wohnküche war.

Rosi und Sonja waren wie angekündigt auf den Wochenmarkt gefahren, genauer gesagt chauffiert worden – von Bernd König höchstpersönlich. Dass die Haushälterin am Vorabend nach dem Sauerbraten auch noch selbst gebackenen Pflaumenkuchen mit Schlagsahne serviert hatte, schien seine Wirkung nicht verfehlt zu haben.

Von dem nicht Katjas Vater, sondern Bruno Bauer das größte Stück verschlungen hatte, weshalb er an diesem, seinem freien Samstag in seine Joggingschuhe geschlüpft war – um das Zuviel an Kalorien wieder abzutrainieren. So sagte er zumindest. Die Ärztin sah darin vielmehr eine Flucht vor den Tatsachen. Denn selbstverständlich konnte Bruno Bauer davon ausgehen, dass sich Dr. König bereits auf dem Weg in die Klinik befände, wenn er von seiner Runde zurückkehrte.

Es hatte ganz den Anschein, als läge ihm nichts mehr an Katja. Am Abend zuvor, nachdem sie ihn im Garten hatte stehen lassen, hatte es Bruno nicht einmal für nötig befunden, ihr noch eine gute Nacht zu wünschen. So war der letzte Mensch, mit dem die Ärztin vor dem Einschlafen gesprochen hatte, Frederik Gander gewesen.

Wie auch immer der Hypochonder es geschafft hatte, an Katja Königs private Handynummer zu kommen – jetzt, wo er sie hatte, machte er regen Gebrauch davon. Gleich dreimal hatte er angerufen: einmal um einundzwanzig Uhr, einmal um dreiundzwanzig Uhr und zuletzt kurz vor Mitter-

nacht – er hatte geglaubt, an einem verschluck-
ten Traubenkern ersticken zu müssen.

Dr. König war klar, dass es so nicht weiterge-
hen konnte. Ihr war auch klar, dass sie ihm das
mitteilen musste, aber nicht am Telefon. Gleich
am Montagmorgen hatte Frederik Gander einen
Termin bei ihr in der Praxis. Dann wollte sie den
Patienten mit den Dingen konfrontieren, die sie
über ihn in Erfahrung gebracht hatte. Mal schau-
en, wie er darauf reagierte. Im ungünstigsten Fal-
le stritt er alles ab und verschwand auf Nimmer-
wiedersehen. Das Risiko musste die Ärztin eingehen, immerhin bestand auch die Möglichkeit,
dass sich Frederik Gander einsichtig gab. Und
am besten würde er in eine Psychotherapie ein-
willigen.

Menschen wie Frederik Gander mussten unter
professioneller Anleitung lernen, die Signale ihres Körpers wieder richtig einzuschätzen. Nicht
jede Hautabschürfung deutete auf Hautkrebs
hin, nicht jedem Husten lag eine Lungenentzün-
dung zugrunde. Wenn er das begriffe, könnte er
Stück für Stück von seiner Droge – dem Arzt –
entwöhnt werden und wieder ein völlig normales Leben führen. Natürlich wäre bis dahin ein
langer Weg zurückzulegen, doch Dr. König war

überzeugt, dass der Patient ihn nicht alleine zu gehen bräuchte. Wenn Emma Gander erst einmal sähe, dass er sich redlich bemühte, von seiner Krankheit wegzukommen, dann wäre sie bestimmt auch gewillt, ihn zu unterstützen. Diese Beziehung hatte noch eine Chance. Dass seine Frau zwar von Scheidung gesprochen, sie aber noch nicht in die Wege geleitet hatte, wies darauf hin.

Das Quietschen des Gartentors riss die Ärztin aus ihren Gedanken. War Bruno bereits zurück? Sie stellte die leere Tasse ins Spülbecken und schaute dabei zum Küchenfenster hinaus. Was war denn das? Vor ihren Augen hob und senkte sich ein rosarotes Herz, auf und ab, so dass Dr. König erst gar nicht erkennen konnte, was auf dem riesigen Ballon in schwarzen Lettern geschrieben stand.

»Katja und Bruno für immer«, gelang es ihr schließlich zu lesen.

Er war eben doch der Beste! Wie hatte sie nur an seiner Liebe zweifeln können? Natürlich stand er zu ihr. Keine Frage, sie gehörten zusammen. Tief im Innersten hatte die Ärztin nie daran gezweifelt.

»Lass dich küssen!«, rief Katja König, während sie schwungvoll die Türe öffnete, in der Meinung, Bruno Bauer stünde davor.

Stattdessen hielt ihr ein Radkurier seine linke Wange entgegen. »Nur zu, schöne Frau«, forderte er die Ärztin auf.

»Ich … pardon … ich dachte, es wäre …«

»… ein anderer Mann«, ergänzte der Radkurier den Satz. »War mir schon klar. Darf ich den Ballon trotzdem hierlassen?«

Er streckte ihr das Ende der Schnur entgegen, an der das mit Helium gefüllte Herz hing. Erst jetzt sah Katja König, dass auf der Rückseite auch noch etwas vermerkt war, nämlich: »Mit den besten Wünschen zur Verlobung«.

»Sind Sie die Glückliche?«, erkundigte sich der Radkurier unverblümt.

»Nein«, erwiderte Katja König genauso direkt. Dann nahm sie die Schnur an sich und ging ins Haus zurück, wo sie sich schluchzend gegen den Kühlschrank lehnte. Hatte Bruno nicht gesagt, er hätte allen geladenen Gästen die Absage gesendet? Mit *alle* meinte Dr. König auch ihre ehemalige Studienkollegin, die zwischenzeitlich in Salzburg praktizierte und mit der sie leider nur noch sporadisch Kontakt hatte.

Nachdem sie sich mit dem Handrücken die Tränen vom Gesicht gewischt hatte, öffnete sie den an der Ballonschnur angehefteten Umschlag – und begann erneut zu weinen. Es gab nichts zu gratulieren. Und wenn, dann höchstens zu dem Umstand, dass die Verlobung nicht stattfand, womit die Ärztin unfreiwillig vor einem großen Fehler bewahrt worden war.

Dr. König legte die Gratulationskarte in ihr Merkbuch, damit sie nicht vergaß, sich bei der Kollegin zu melden. Dann betrachtete sie das Herz, wie es an der Küchendecke schwebte. Sie ertrug diesen Anblick nicht und dachte daran, das Fenster zu öffnen, um den Ballon in den Himmel steigen zu lassen. Aber dorthin gehörte er nicht, vor allem nicht mit dieser Botschaft darauf.

Rosis Küchenschublade entnahm Katja das größte und schwerste Messer, das sie finden konnte. Damit stach sie genau dort in das Herz hinein, wo das verschnörkelte &-Zeichen zwischen Bruno Bauers und ihrem Namen stand. Mit einem Knall zerplatzte der Ballon, und die Ärztin warf die Überreste in den Mülleimer. Danach begutachtete sie ihr Gesicht in der verspiegelten Backofentür, tupfte mit dem Zeigefinger die verschmierte Wimperntusche von den Augenlidern und machte sich schließlich auf den Weg zur Klinik am Park.

Bruno Bauer, der im selben Moment von seiner Joggingrunde zurückkehrte, als der Kleinwagen der Ärztin vom Alleeweg in die Hauptstraße einbog, winkte ihr noch nach – vergebens. Sie hatte ihn entweder nicht gesehen oder – was viel wahrscheinlicher schien – nicht sehen wollen. Dabei war er nur ihretwegen zum Bäcker gelaufen, um sie mit ofenfrischen Croissants zu überraschen.

An diesem Samstag hätte sich Katja König nun wirklich etwas Zeit fürs Frühstück nehmen können, umso mehr, als keine Sprechstunde stattfand. Es reichte doch, wenn sie gegen Mittag in der Klinik einträfe. Interessierte sie sich denn gar nicht für die Beweggründe seines Handelns? Die Ärztin konnte doch nicht allen Ernstes glauben, er hätte Sonja zum Bleiben aufgefordert, um sie zu verletzen. Oder noch abstruser: weil er seine Ex-Frau immer noch liebte.

Zugegeben, es war falsch gewesen, Katja nichts von seinen Ängsten zu erzählen. Er hätte sie von vornherein zu seiner Verbündeten machen sollen. Nur wann? Sie war ja kaum noch zu Hause. Und wenn, dann telefonierte sie, so wie am vergangenen Abend – und das derart intensiv, dass sie nicht einmal sein wiederholtes Klopfen wahrgenommen hatte. Mindestens fünf Versuche hatte er zwischen einundzwanzig Uhr und Mitternacht unternommen und sich dann frustriert in sein Schlafzimmer zurückgezogen.

Wenn schon nicht in der zurückliegenden Nacht, so hätte wenigstens dieser Morgen eine gute, wenn nicht sogar die beste Gelegenheit geboten, sich auszusprechen. Endlich hätten Katja und Bruno die alte Fabrikantenvilla einmal ganz für sich allein gehabt. Sosehr es der Verwaltungsdirektor der Klinik am Park auch schätzte, in einem Dreigenerationenhaushalt zu leben, wo immer etwas los war – es gab auch mal intime Momente, Gespräche, deren Inhalt nicht für alle bestimmt war.

Während Bruno Bauer mit der Tüte vom Bäcker in der Hand ein paar Dehnübungen absolvierte, überlegte er sich, wie er Katja dazu bringen konnte, mit ihm zu reden. Was, wenn er sie nach der Arbeit von der Klinik abholte, um sie in ein Restaurant auszuführen? Nicht in irgendein Lokal, sondern zu ihrem Lieblingsitaliener? Dort könnte sie nicht weglaufen, müsste sich zumindest seine Argumente anhören. Ob sie dann auch gewillt wäre, darauf einzugehen, war eine andere Frage. Doch erschien es Bruno Bauer wichtig, dass sich Katja überhaupt mal mit seiner Sicht der Dinge auseinandersetzte und nicht immer gleich auf stur schaltete, wenn das Thema Sonja aufkam.

Und das tat es denn auch unweigerlich – und nicht erst nach dem Hauptgang, wie Bruno Bauer gehofft hatte, sondern bereits während der Fahrt zum Restaurant. Völlig steif saß sie auf dem Beifahrersitz des Kombis, verärgert darüber, dass Bruno ihrer Bitte nicht nachkam und sie auf direktem Weg nach Hause fuhr.

Auf dem Parkplatz des italienischen Restaurants angekommen, weigerte die Ärztin sich sogar auszusteigen und schnallte sich demonstrativ nicht ab. Was dachte Bruno sich eigentlich: dass sie so leicht zu ködern wäre? Ein Essen beim Lieblingsitaliener, und alles wäre wieder gut?

»Solange Sonja die Villa nicht verlassen hat, sehe ich keinen Grund, dass wir uns unterhalten«, sagte sie, als er die Beifahrertür öffnete, um ihr aus dem Wagen zu helfen. »Bestell mir bitte ein Taxi, ich will gehen.«

»Aber…« Bruno Bauer blickte verzweifelt zum hell erleuchteten Restaurant hinüber, schickte ein Stoßgebet zum Himmel, dass der Inhaber Alberto endlich zur Tür hinaustreten möge. Sonst empfing er sie ja auch immer vor dem Haus, hauchte Katja einen Kuss auf den Handrücken und überhäufte sie mit Komplimenten, lange bevor das Paar in der Nische neben dem Klavier Platz genommen hatte.

»Bitte, Katja! Du kannst mich hier nicht stehen lassen. Alberto hat bereits den Wein geöffnet: einen ganz speziellen Nero d'Avola aus Sizilien. Den magst du doch so gerne. Zudem hat er mir bei der Reservierung versprochen, frische Steinpilze auf dem Markt zu besorgen, nur für dich!«

Die Ärztin wollte keine Steinpilze, egal ob mit Zwiebeln, Knoblauch und Petersilie sautiert oder sonst wie zubereitet. »Ich bin nicht bestechlich. Das solltest du eigentlich wissen«, sagte sie und fischte ihr Handy aus der Handtasche, um sich ein Taxi zu rufen.

»Hier König. Ich bin an der…«

»Ma Katja, mia Katja!«

Bruno Bauer hätte einen Purzelbaum schlagen mögen, als er Albertos Stimme hörte. Mit jedem seiner Zurufe kam sie näher – bis der gebürtige Sizilianer schließlich vor ihnen stand, Katja beim rechten Arm nahm und sie an seiner Seite ins Lokal führte. Dort servierte der Gastgeber zur Einstimmung auf den Abend erst einmal zwei Gläser Prosecco. Auf Katjas Einwand hin, sie wolle jetzt keinen Alkohol trinken, weil sie am nächsten Morgen ganz früh in die Klinik müsse, ging Alberto gar nicht ein. Dass dies nicht mehr als der Versuch einer Ausrede war, wusste sie genauso gut wie Bruno Bauer. Der hatte die Nachricht vom Professor nämlich ebenfalls erhalten, wonach dieser nun definitiv am Sonntagmorgen aus dem Urlaub zurückkehren würde.

»Lass uns wenigstens anstoßen«, schlug Bruno Bauer vor, nachdem Alberto den Tisch verlassen und das Paar sich selbst überlassen hatte.

Nur widerwillig umfassten Katjas schlanke Finger das hohe Glas. Wahrscheinlich war Bruno absichtlich mit ihr in dieses Lokal gekommen, damit sie nicht aufstehen und gehen konnte. Raffiniert war er, das musste sie ihm lassen. Und Geschmack hatte der Verwaltungsdirektor auch, jedenfalls entsprach das Menü, das er bestellt hatte, genau Katja Königs Vorstellungen: Die weißen Trüffel auf den Teigwaren waren reichlich, das Kalbsfilet butterzart, die Käseauswahl zum Schluss ein köstlicher Querschnitt durch das Piemont und die Toskana.

Beide genossen das wunderbare Essen, bemüht, sich zwischen den Gängen den Appetit nicht mit heiklen Themen zu verderben. Erst nachdem Alberto die Käseteller abgeräumt und den restlichen Inhalt der Weinflasche auf die beiden Gläser verteilt hatte, sah Bruno Bauer den Zeitpunkt gekommen, Sonjas Namen ins Spiel zu bringen. Er wollte dies tun, indem er Katja von seinem nächtlichen Disput mit seiner Ex-Frau berichtete. Er begann zu erzählen, wie sie zum Pförtnerhäuschen spaziert waren und Sonja auf einmal angefangen hatte, ihn zu attackieren.

»Die Szene gipfelte darin, dass sie mir angedroht hat…«

Bruno Bauer unterbrach den Satz, weil unter dem Tisch ein Handy klingelte. Seines war es mit Sicherheit nicht, das hatte er im Auto gelassen – und eigentlich hatte er angenommen, Katja hätte es ihm gleichgetan.

»Kannst du es nicht ausschalten?«, fragte er, während sie das Gerät aus ihrer Handtasche nahm.

»Wie? Ohne mich zu melden?«

»Genau«, bestätigte Bruno Bauer mit Nachdruck. »Es gibt noch ein Leben neben der Klinik.«

Die Ärztin schaute aufs Display, wo Frederik Ganders Nummer aufleuchtete.

»Bitte, Katja! Es geht um uns!«

Das vibrierende Gerät in der Hand, blickte sie in seine flehenden Augen. Er wollte sie nicht verlieren – sie ihn genauso wenig. Katja Königs Liebe zu Bruno Bauer war ungebrochen, trotz der schwierigen Tage, die hinter ihnen lagen. Ganz unschuldig war sie an der angespannten Situation nicht, das wusste sie. Anstatt sich in die Arbeit zu flüchten, hätte sie gut daran getan, mit Bruno einmal das Gespräch zu suchen. Warum war sie eigentlich nicht auf die Idee gekommen, ihn zum Essen einzuladen? Wollte sie wirklich jetzt, wo man sich endlich gefunden hatte, dem Anruf eines Hypochonders den Vorrang geben? Nein, entschied die Ärztin und drückte auf die Aus-Taste.

Was Dr. Katja König nicht wissen konnte: Diesmal waren Frederik Ganders Beschwerden nicht das Produkt seiner gestörten Wahrnehmung. Der stark drückende, brennende Schmerz im vorderen, linken Brustbereich war ebenso real wie die

Atemnot und das Schwindelgefühl. Erneut versuchte Gander, die Ärztin auf ihrem privaten Handy zu erreichen, doch noch ehe die Verbindung zustande kam, verlor er in der Diele seiner Wohnung das Bewusstsein.

So gut, fit und erholt hatte sich Professor Winter noch selten gefühlt. Kein Wunder, denn es war in den letzten Jahren auch nie vorgekommen, dass er zwei Wochen Urlaub am Stück gemacht hatte. Die raue Meerluft hatte seine Lungen geweitet, die Sonne seinen Körper gebräunt. Wie braun er wirklich war, wurde Ludwig Winter erst bewusst, als er die Intensivstation verließ und in seinen weißen Arztkittel schlüpfte.

Es war ihm wichtig gewesen, gleich als Erstes nach dem Schädel-Hirn-Trauma-Patienten zu schauen und bei dessen Frau höflich Präsenz zu zeigen. Als direkte Nachbarn des Professors waren sie die Einzigen, die gegen den geplanten Erweiterungsbau seiner Villa Widerspruch erheben konnten. Nur deshalb hatte er die weitere Betreuung des Patienten bereits am Telefon zur Chefsache erklärt – um bei der Familie zu punkten.

Schon am nächsten Tag wollte Ludwig Winter den entnommenen Teil der Schädeldecke wieder einpflanzen. Dr. König hatte genau richtig gehandelt und vorbildliche Arbeit geleistet. Etwas anderes war der Professor von Katja auch gar nicht gewohnt. Umso größer deshalb sein Erstaunen, als er bei der Morgenvisite von einem Patienten vernehmen musste, dass die Oberärztin ihm ihre Hilfeleistung verweigert hatte.

Der Mann hatte in der Nacht einen leichten Herzinfarkt erlitten und war als Notfall in die Klinik eingeliefert worden. Eine Nachbarin hatte gehört, wie er zu Boden gefallen war.

Da lag er nun, an ein Langzeit-EKG angeschlossen, intravenös mit Schmerzmitteln und über eine Nasensonde zusätzlich mit Sauerstoff versorgt.

Professor Ludwig Winter überflog die aktuellen Blutwerte, ordnete bei der neben ihm stehenden Oberschwester eine Herzkatheteruntersuchung an, damit festgestellt werden konnte, welches Herzkranzgefäß verschlossen war und ob auch noch bei anderen Gefäßen eine Verengung vorlag – »am besten, Doktor König führt die Untersuchung durch, sie ist mit dem Fall ja bereits vertraut«.

»Doktor König?« Frederik Gander dachte nicht im Traum daran, diese Person noch einmal an sich heranzulassen. »Ihr allein habe ich es zu verdanken, dass ich nun hierliege!«

»Gut«, entschied Ludwig Winter, damit sich der Patient nicht noch weiter aufregte: »Ich übernehme die Untersuchung. Einverstanden?«

Natürlich war Frederik Gander einverstanden. Ein Professor hatte sich bislang noch nie seiner Person angenommen – »aber diese Ärztin werde ich trotzdem verklagen. Wer derart unfähig ist, dem muss die Approbation entzogen werden! Finden Sie nicht auch?«

Der Professor wollte sich nicht dazu äußern, bevor er nicht mit der Betroffenen gesprochen hätte. Allerdings: Wenn es zuträfe, was der Patient berichtete, nämlich dass er Katja König von seinen Symptomen berichtet habe, sie aber nicht auf ihn eingegangen sei, dann befand sich die Ärztin in einer äußerst unangenehmen Lage. Auf jeden Fall war eine Erklärung nötig. Und überhaupt: Warum war Katja König nicht längst da? Bei Sonntagsdiensten erschien sie doch normalerweise immer als eine der Ersten auf der Station.

Dass dem diesmal nicht so war, daran trug Bruno Bauer die Schuld. Er und diese wunderbare Nacht, von der Dr. König sich wünschte, sie würde nie enden. Sie hätte sich ewig von ihm verwöhnen lassen und in seinen Armen liegen bleiben wollen. Wenn es einen Mann gab, mit dem sie ihr Leben verbringen wollte, dann mit Bruno Bauer. Nur mit ihm. Möglich, dass es attraktivere Männer gab, ohne Bauchansatz und mit dichterem Haar. Aber ein Mann, der so zärtlich war, so einfühlsam, so humorvoll... Zudem hatte er die beiden schönsten Lachgrübchen überhaupt. Sie küsste ihn links und rechts auf den Mund, bevor sie sich aus dem Bett schälte.

»Mmh«, murmelte er mit geschlossenen Augen. »Mmh«, und zog sie zu sich unter die Decke zurück.

»Nicht, Bruno«, kicherte sie, während seine Fingerkuppen sanft ihren Unterarm entlangfuhren. »Du weißt doch, ich bin kitzlig! Zudem ist es höchste Zeit für mich.«

»Du brauchst dich nicht zu beeilen«, flüsterte er in verführerischem Ton. »Der Professor hat dich lange genug die ganze Arbeit machen lassen. Jetzt soll der ruhig mal nach dem Rechten schauen.«

Ganz so einfach, wie Bruno Bauer sich das vorstellte, verhielt es sich nicht. »Die meisten der stationierten Patienten sind Ludwig Winter unbekannt. Ich muss ihm die Fälle erst übergeben, ehe er die Verantwortung dafür übernehmen kann.«

Bruno Bauers Fingerkuppen wanderten weiter durch ihre Achselhöhle zur rechten Brust. Ein wohliger Schauer durchfuhr Katja König, als sie die Brustwarze berührten.

»Er kann doch die Pflegedossiers lesen, da steht das Wichtigste drin.«

So gerne sie dieser erotischen Verlockung nachgegeben hätte und bei ihm geblieben wäre – Dr. König musste in die Klinik. Was jedoch nicht hieß, dass sie vorhatte, den ganzen Sonntag über dortzubleiben. »Ich werde schauen, dass ich früher gehen kann. Spätestens um vierzehn Uhr. Dann haben wir wenigstens noch den Nachmittag für uns. Okay?«

»Mmh«, erwiderte Bruno. »Und was mache ich bis dahin? Sag jetzt bloß nicht, ich soll joggen gehen. Mir tun immer noch alle Muskeln und Sehnen weh.«

Wer sprach denn von Joggen? Katja König hatte einen viel besseren Vorschlag: »Bleib einfach liegen, und schau zu, dass das Bett nicht abkühlt, so dass ich mich gleich wieder zu dir legen kann, wenn ich zurückkomme.«

»Dann darfst du mich aber nicht zu lange warten lassen.«

»Keine Bange, mein Liebster. Ich erzähle dem Professor, was während seiner Abwesenheit war – und fertig.«

Das klang in Bruno Bauers Ohren fast zu schön, um wahr zu sein. »Hoffen wir, dass nicht doch noch was dazwischenkommt oder dieser Spinner dich wieder anruft.«

»Sei nicht so hart, Bruno! Erstens ist Frederik Gander kein Spinner, sondern jemand, der ärztliche Hilfe braucht, und zweitens hat er sich seit dem Anruf gestern Abend im Restaurant nicht mehr gemeldet.«

Um sicherzugehen, dass dem auch wirklich so war, konsultierte Dr. König ihr Mobiltelefon. Triumphierend hielt sie es Bruno Bauer unter die Nase: »Siehst du, kein Anruf, nichts! Ich werde ihn jetzt öfter mal zappeln lassen, das scheint Wunder zu wirken.«


Ein Wunder war für Frederik Gander höchstens, dass er noch lebte. Schlimmste Todesängste hatte er ausstehen müssen, stand er immer noch aus, auch wenn ihm der Professor versichert hatte, dass es sich nur um einen leichten Infarkt gehandelt habe und die Gefäßverengungen medikamentös behoben werden könnten. Das sagte Ludwig Winter doch nur, um seine Oberärztin zu entlasten. Diese Doktoren steckten alle unter einer Decke. Eine Mafia war das, die wie Pech und Schwefel zusammenhielt, wenn es darum ging, Fehler zu vertuschen. Aber da waren sie bei Frederik Gander an der falschen Adresse. Seine Vorfahren sollten nicht umsonst aufgrund ärztlichen Versagens gestorben sein – wenigstens dieser, sein Fall gehörte angemessen gesühnt.

»Deshalb musst du mir so schnell wie möglich den Kontakt zu einem Patientenanwalt herstellen«, hielt er seine Frau an.

Emma Gander dachte nicht daran, seiner Aufforderung nachzukommen. Sie war an sein Bett gekommen, weil Frederik sie über eine Pflegeassistentin hatte bitten lassen, ihm seinen Kulturbeutel zu bringen. Und auch das hatte sie nur getan, weil die Anruferin ihr glaubhaft versichert hatte, dass der Patient aus einem berechtigten Grund als Notfall in die Klinik am Park eingeliefert worden sei.

Denn dass Emma Gander beim kleinsten Un-
wohlsein ihres Mannes alles liegen ließ, das hatte
sie in der Vergangenheit oft genug getan, aber
jetzt nicht mehr. Und außerdem: Das mit ihnen
war vorbei, auch wenn sie eben noch Gefühle für
Frederik gehabt hatte, als sie ihn so hatte dalie-
gen sehen. Wahrscheinlich rührten die Emotio-
nen auch daher, dass sie ihn zum ersten Mal überhaupt wirklich krank erlebte. Richtig krank, nicht
eingebildet.

Nun, es war ja nicht so, dass sie ihm einen Herzinfarkt gewünscht hätte, doch hatte sie schon
verschiedentlich darüber nachgedacht, wie es
wäre, wenn er tatsächlich mal daniederliegen
würde – und ob ihn diese Erfahrung nicht hei-
len könnte. Aus diesem Gedanken hatte Emma
Gander zuweilen sogar Hoffnung geschöpft, vergeblich, wie sich zeigte. Frederik war derselbe
Mensch wie zuvor, vielleicht sogar noch eine Spur
fanatischer.

Wie er von Dr. Katja König sprach – Emma
Gander ertrug es keine Minute länger. Ausgerechnet die engagierte Ärztin hatte er zum Sün-
denbock auserkoren. Warum nicht diesen geld-
gierigen Neurologen? Warum nicht sonst einen
Arzt, oder noch besser: sich selbst? Frederik wäre

nicht der erste Hypochonder, der sich eine Krankheit so lange einbildete, bis sein Körper sie tatsächlich hervorbrachte.

»Weißt du, was mich überrascht?«, fragte sie ihren Gatten, während sie ihre Leinenjacke zuknöpfte. »Dass du diesen Herzinfarkt nicht schon viel früher hattest. Aber was lange währt, wird zum Glück endlich gut: Jedenfalls hast du jetzt, was du immer wolltest, liegst in der Klinik und kannst dir über alle Maßen leidtun.«

Mit diesen Worten entfernte sie sich von seinem Bett. Ehe sie auf den Korridor trat, ließ sie ihn noch wissen, dass er sich seinen Patientenanwalt selbst besorgen könne.

»Und bitte, Frederik, ruf mich nicht mehr an, und lass mich auch nicht mehr anrufen! Selbst dann nicht, wenn bei dir demnächst Darmkrebs oder irgendein anderer Tumor diagnostiziert werden sollte. Vielleicht schaffst du es ja auch, an Leukämie zu erkranken, das wäre bestimmt auch was, was dir gefallen würde. Ich wünsche dir jedenfalls jetzt schon viel Spaß damit!«

Die Türe hinter sich zugezogen, blieb Emma Gander davor stehen. Nicht, weil sie sich mit dem Gedanken trug, nochmals bei Frederik reinzuschauen, womöglich noch sich bei ihm zu entschuldigen. Bewahre! Sie stand zu dem, was sie gesagt hatte, auch wenn die Wortwahl vielleicht etwas gemäßigter hätte ausfallen können. Doch ihr war ganz einfach der Kragen geplatzt.

Erleichtert nahm die gelernte Krankenschwester zur Kenntnis, dass sich ihr Puls allmählich beruhigte. Nie wieder wollte sie sich derart über Frederik aufregen, dass sie befürchten musste, am Ende selbst noch einen Herzinfarkt zu erleiden. Wenn er sich ruinieren wollte, bitte schön! Er war ein erwachsener Mann, konnte tun und lassen, was er wollte, sein Leben genießen oder wegwerfen, es war allein seine Entscheidung.

Ebenso die Sache mit dem Patientenanwalt. Sollte er tatsächlich das Gefühl haben, Dr. König verklagen zu müssen, bitte sehr. Nur musste er dann auch mit den Konsequenzen leben. Denn eines stand für Emma Gander fest: An dem Tag, an dem ihr Mann gegen Katja König juristisch vorginge, reichte sie nicht bloß die Scheidung ein, sondern würde ihn zusätzlich auf Unterhalt verklagen. Dann konnte Frederik zusehen, wovon er künftig die neuen Blutdruckmessgeräte, Ratgeberbücher, Verbandskoffer und den restlichen medizinischen Firlefanz finanzierte, den er in seiner Wohnung hortete.

Emma Gander hätte im Badezimmer beinahe den Kulturbeutel nicht gefunden, so sehr war alles mit Cremes, Tinkturen und Salben vollgestellt. Kein Vergleich mehr mit der Wohnung, aus der sie zehn Monate zuvor ausgezogen war. Den ehemals immer gut bestückten Kühlschrank hatte sie bis auf zwei Magerjoghurts leer vorgefunden, dafür war der Putzschrank bis zum Bersten mit Desinfektionsmitteln gefüllt. Wenn Frederik nicht gerade damit beschäftigt war, sich um seine Gesundheit zu sorgen, schien er zu putzen. Sogar ein Präparat gegen Flöhe hatte Emma entdeckt. Sie hätte ihn zu gerne gefragt, was er damit bezweckte. Als ob sich ein Floh freiwillig in Frederiks Umgebung einnisten würde – wo sich noch nicht einmal ein Mensch längerfristig an seiner Seite wohl fühlte.

Im Wissen darum, ihre Zukunft gestalten zu können, wie sie wollte, allein, aber nicht einsam, schritt Emma Gander durch den Korridor in Richtung Aufzug. Beim Passieren des Stationszimmers schaute sie reflexartig durch die verglaste Trennwand. In der Tumorklinik waren die Stationszimmer sehr viel kleiner und dadurch deutlich voller. In diesen Zimmern konnte man sich nicht hinsetzen, wenn man am Computer Patientendaten eingab. Hier waren sogar zwei Arbeitsplätze vorhanden. Während jener neben der Tür leer war, wurde am Tisch beim Fenster heftig gearbeitet. Waren das nicht Dr. Königs Finger, die da in Windeseile über die Tasten fegten? Emma Gander glaubte, die Ärztin an ihrem blonden Pferdeschwanz zu erkennen, auch wenn sie bei ihrem Besuch in ihrer Wohnung die Haare offen getragen hatte.

»Doktor König?«

Emma Gander klopfte an die Scheibe, woraufhin die Person am Computer sich zu ihr hindrehte.

»Frau Gander!«

Die Ärztin speicherte das eben Geschriebene ab, ehe sie zu Emma Gander auf den Korridor trat und sie mit einem festen Händedruck begrüßte.

»Wer hätte gedacht, dass wir uns so schnell wiedersehen – und dann noch unter diesen Umständen … Waren Sie bei ihm?«

Die Gattin des Patienten bejahte. »Aber das war das erste und zugleich letzte Mal. Ich habe genug von diesem Menschen, Sie können sich gar nicht vorstellen wie sehr! Mir tun alle leid, die sich hier in der Klinik um ihn kümmern müssen. Bestimmt klingelt er alle fünf Minuten, um zu demonstrieren, wie krank er ist. Jetzt, wo er endlich mal was hat, muss er seinen Zustand doch auskosten!« Sie lachte. Es war ein trauriges Lachen. Emma Gander hatte endgültig resigniert. »Er bleibt auf ewig ein Hypochonder. Jetzt, nach dem Infarkt, wird er überhaupt nicht mehr arbeiten, davon bin ich überzeugt. Nun kann er den lieben langen Tag zu Hause sitzen und an der nächsten Erkrankung herumdoktern. Und wer weiß, vielleicht findet sich ja ein Patientenanwalt, der genauso besessen ist wie Frederik. Dann können die beiden einen Prozess nach dem anderen anstreben, gegen alle unfähigen Mediziner dieser Welt. Aber eines muss er wissen: Wenn er etwas gegen Sie, Frau König, unternimmt, kriegt er es mit mir zu tun!«

Emma Ganders leidenschaftliche Stellungnahme tat der Ärztin gut. Nur schade, dass Ludwig Winter nicht zugegen war. Bestimmt würde er das eine oder andere bedauern, was er zu Katja gesagt hatte.

»Sagen Sie bloß nicht, dass der Professor meinem Mann glaubt!«

»Es sieht leider ganz danach aus«, erwiderte Katja König mit gesenktem Blick. »Und das Schlimmste ist: Ich kann es ihm noch nicht einmal übel nehmen, denn am Anfang habe ich mich von Ihrem Gatten genauso um den Finger wickeln lassen.«

»Sagen Sie mir, wo sich das Büro des Professors befindet. Ich gehe gleich hin und sage ihm, was wirklich Sache ist!«

»Lieb gemeint, Frau Gander, aber das muss ich schon selbst tun. Heute Morgen war ich schlichtweg zu überrascht, um in die Offensive zu gehen.«

Das konnte sich Emma Gander lebhaft vorstellen. »Mir ist es nicht besser ergangen. Mich hat Frederik mit dem Infarkt auch auf dem linken Fuß erwischt. Wer hat denn schon ahnen können, dass seine Beschwerden plötzlich echt waren?«

Dr. König dachte an den vergangenen Abend zurück. In ihrem Geiste sah sie sich, wie sie ihr tönendes Handy ausschaltete und in die Handtasche zurücksteckte. Es spielte keine Rolle, dass Bruno sie darum gebeten hatte, denn nicht sein, sondern einzig und allein ihr eigener rechter Zeigefinger hatte auf den entscheidenden Knopf gedrückt.

Sie fragte sich, was anders hätte getan werden können als das, was schließlich getan worden war. Auch der Ärztin wäre nichts anderes übrig geblieben, als den Notarzt zu rufen. Albertos Ristorante war gut und gern eine halbe Stunde von Frederik Ganders Wohnung entfernt. Selbst wenn Katja König gleich ein Taxi gerufen hätte – sie wäre so oder so erst nach dem Krankenwagen beim Patienten eingetroffen.

Das sagte Dr. König auch dem Professor, den sie – anschließend an ihr Gespräch mit Emma Gander – in dessen Büro aufsuchte. Ihr war wichtig, sich ihm zu erklären, darzulegen, weshalb der Anruf auf ihrem Handy unbeantwortet geblieben war.

Nur schien sich Ludwig Winter überhaupt nicht für die Ereignisse des Vorabends zu interessieren: »Was Sie in Ihrer Freizeit tun, ist allein Ihre Sache, liebe Kollegin. Es kann niemand von Ihnen verlangen, dass Sie Ihr privates Telefon abnehmen – egal, ob Sie nun in einem Restaurant sitzen oder nicht. Frederik Gander hätte in jedem Fall die Notrufnummer wählen müssen.«

Katja König atmete innerlich auf, kannte den Professor jedoch zu gut, um nicht zu wissen, dass noch ein *Aber* folgen würde.

Sein Einwand bezog sich auf die letzten Tage, jene Zeitspanne, in der Frederik Gander mehr oder weniger täglich bei Dr. König in der Sprechstunde gewesen war. »Das streiten Sie nicht ab, oder?«

»Wieso sollte ich?«

Ludwig Winter verschränkte die gespreizten Finger ineinander und drückte die Handinnenflächen nach außen. »Ich will ehrlich sein, Katja. Ihnen kann man sowieso kein X für ein U vormachen, dazu sind Sie zu klug. Sie wissen auch, dass ich Sie und Ihre Arbeit über alle Maßen schätze und mir nichts lieber wäre, als dass Sie sich entschließen könnten, meine Nachfolgerin zu werden.«

Regungslos wartete die Ärztin auf das *Aber*.

Doch vorerst sprach der Professor von Katjas Engagement in der Praxis ihres Vaters – »was ich im Übrigen sehr lobenswert finde. Es kann nicht schaden, als Chirurgin auch Erfahrungen in anderen medizinischen Bereichen zu sammeln, nur darf darunter die Arbeit in der Klinik nicht leiden. Lassen Sie mich das Kind beim Namen nennen: Neben Frederik Gander hat sich bei mir auch noch eine andere Person über Sie beschwert. Nur mit Mühe und Not ist es mir gelungen, die Person davon abzuhalten, sich an höhere Stellen zu wenden.«

»Sie sprechen nicht zufällig von Ihrer Nachbarin?«

Ludwig Winter nickte. »Sie wirft Ihnen vor, unverschämt gewesen zu sein.«

Katja König zuckte mit den Schultern. »Gut möglich, dass ich ihr gegenüber etwas schnippisch aufgetreten bin.«

»*Etwas* ist gut«, raunte der Professor. »Sie haben sie offensichtlich einfach stehen gelassen, behauptet sie.«

Auch das stritt die Ärztin nicht ab. »Aber hat sie Ihnen auch erzählt, dass sie mich behandelt hat, als wäre ich die Unfähigkeit in Person? Ich weiß ja nicht, wie Sie es fänden, wenn man Ihnen so unmissverständlich das Misstrauen ausspräche.«

»Mensch, Katja! Sie waren doch früher nicht so schnell aus der Ruhe zu bringen. Was ist bloß los mit Ihnen? Sind Sie überfordert?«

Nein, überfordert fühlte sich Dr. König nicht. Nur etwas zu viel um die Ohren hatte sie während der Abwesenheit des Professors gehabt – »vor allem die letzten Tage, weil ich doch gedacht hatte, dass Sie früher zurückkommen«.

Ludwig Winter war das Thema peinlich. »Sie müssen mir glauben, Katja, ich habe wirklich alle Hebel in Bewegung gesetzt, damit das neue Segel so rasch wie möglich geliefert werden konnte.«

Die Ärztin verzichtete darauf zu erwähnen, dass im Telegramm die Rede von einem Motorschaden gewesen sei, und nicht von einem zerrissenen Segel. Doch das spielte jetzt ohnehin keine Rolle mehr. Wichtig war, dass der Professor einsah, dass sie an Frederik Ganders aktuellem Zustand keine Schuld traf.

»Aber warum haben Sie nicht auf seine Beschwerden reagiert? Jeder Medizinstudent im dritten Semester weiß, dass wiederkehrende Schmerzen im Brustbereich abgeklärt gehören.«

Das brauchte Ludwig Winter seiner Oberärztin nun wirklich nicht zu sagen.

»Umso weniger verstehe ich, weshalb Sie nicht eingeschritten sind!«

»Weil dieser Mann jeden Tag über etwas anderes klagt. Frederik Gander ist nichts anderes als ein Hypochonder!«

»Ach ja?« Der Professor zog ungläubig die Brauen in die Höhe. »Und warum habe ich dann eben bei der Herzkatheteruntersuchung zwei völlig verstopfte Gefäße vorgefunden? Ist meine Wahrnehmung etwa auch getrübt?«

Dieses Gespräch machte so keinen Sinn. Dr. König schlug vor, es zu beenden.

»Das können wir gerne tun. Aber was, wenn der Patient sich tatsächlich an die Ärztekammer wendet? Warum gehen Sie nicht vorher zu ihm und entschuldigen sich? Denken Sie an Ihre Zukunft, Katja. Dieser Mann könnte Ihnen Ihre ganze Karriereplanung vermasseln!«

Umso besser, dass sie gar keine Karriereplanung hatte. Doch dies dem Professor nun auch noch unter die Nase zu reiben, wäre wohl definitiv zu viel gewesen.

Natürlich war das Bett längst abgekühlt, als Dr. Katja König von ihrem Dienst nach Hause zurückkehrte. Bruno Bauer hatte den Tag damit zugebracht, sich möglichst nicht zu ärgern, wenn wieder mal eine seiner gelben Figuren zum Start zurückgeschickt worden war – meist von Paul, dem es ein teuflisches Vergnügen bereitete, seinen Vater und den Doktor auszutricksen.

Irgendwann hatte Bernd König genug davon, immer kurz vor dem Einlaufen ins Zielfeld gestoppt zu werden. Lieber wollte er im Garten eine Pfeife rauchen.

»Übernimm du«, hielt er Rosi an, die hinter ihm auf der Küchenabdeckung getrockneten Lavendel in bunte Stoffsäckchen abfüllte.

»Ich? Setz du dich hin, Sonja. Die Säckchen zubinden kann ich auch alleine.«

»Wirklich?« Pauls Mutter legte die Samtbänder zur Seite. »Wir spielen bestimmt nicht ewig. Danach helfe ich dir wieder.«

Mit einer Tasse *Bergtraum* in der Hand nahm Sonja zwischen Bruno und Paul Platz und fragte, welches ihre Figuren seien. »Die Grünen?«

»Du hast rot!«, rief Paul und nahm ihr die grüne Plastikfigur aus der Hand. »Du hattest früher schon immer die Roten, Papa die Gelben und ich die Blauen.«

Bruno Bauer hätte nichts gegen eine neue Farbverteilung beim Mensch-ärgere-dich-nicht-Spiel gehabt, weil das Wort *früher* für ihn nicht mehr existierte. Die Kleinfamilie, wie sie an diesem Sonntagnachmittag in der alten Fabrikantenvilla am Küchentisch saß, gab es nur noch in der Vergangenheit. Das hatte in der Zwischenzeit auch Pauls Mutter eingesehen, einsehen müssen, nachdem sich Bruno Bauer ihr gegenüber unmissverständlich zu Katja König bekannt hatte.

Es war kein einfaches Gespräch gewesen zwischen den Ex-Eheleuten. Doch beide hatten sich darum bemüht, fair zu bleiben, den gegenseitigen Respekt nicht zu verlieren. Eine Szene wie die im nächtlichen Garten sollte es nie mehr geben. Zum Wohle ihres Jungen wollten Sonja und Bruno Bauer einen Neustart wagen – als gute Freunde.

Nicht ein Richter, sondern Paul selbst sollte entscheiden, wo er leben wollte, wenn seine Mutter auszog. Dass Sonja nicht ewig in der Villa wohnen bleiben konnte, war ihr von vornherein bewusst gewesen. Allein Rosi glaubte immer noch, dass es auf die Dauer möglich wäre, alle unter einem Dach zu vereinen. Die Haushälterin schreckte auch nicht davor zurück, morgens aus der Zeitung die Seiten mit den Wohnungsanzeigen zu entfernen, damit Sonja bloß nicht auf die Idee käme, sich ein passendes Objekt herauszusuchen.

Dabei standen die Wohnungen, die Pauls Mutter interessierten, ohnehin nicht in der Tageszeitung, sondern im Wochenanzeiger. Es sollte nichts Großes sein, möglichst nicht zu weit von der alten Fabrikantenvilla entfernt, damit Paul mit dem Rad selbständig hin und her pendeln konnte. Zudem durfte die Wohnung nicht zu viel kosten, denn Sonja Bauer musste sie von Grund auf einrichten, da sie vor ihrem Weggang nach Afrika alle Möbel fortgegeben hatte.

Zwar hatte Bruno Bauer ihr angeboten, sie finanziell zu unterstützen, doch war es nicht das, was sie anstrebte. Wenn eine monatliche Überweisung, dann höchstens für die erste Zeit. Nicht länger als ein Jahr. Zudem müsste Bruno ihr von vornherein zugestehen, dass sie ihm das Geld auf den Cent zurückzahlen konnte.

Weil das, was Sonja Bauer mit dem Verkauf von Rosis Kräutern verdiente, jedoch niemals reichen würde, um auf eigenen Beinen zu stehen, wollte sie nebenbei Nachhilfestunden geben. Die Wahrscheinlichkeit, dass sie mitten im Schuljahr als Lehrerin angestellt würde, war so gut wie ausgeschlossen. Probieren wollte sie es trotzdem. Das Schicksal ging seine eigenen Wege – und vielleicht hielt es für Sonja ja auch eine Festanstellung parat.

Es war diese neu gewonnene, innere Gelassenheit, die Katja König fortan den Umgang mit Sonja Bauer erleichterte. Nicht nur ihr. Selbst

Bernd König fiel auf, dass Pauls Mutter längst nicht mehr so pedantisch und angespannt war wie zuvor. Er hatte noch nicht einmal ein Problem damit, dass sie seinen Wagen benutzte, um Kräuter auszuliefern – solange Rosi möglichst die Finger davon ließ. Denn eine schlechtere Autofahrerin als die Haushälterin gab es nicht.

So kehrte – trotz Sonjas andauernder Präsenz in der alten Fabrikantenvilla – allmählich Ruhe in die alten Gemäuer ein. Wohl auch, weil alle außer Rosi sich darüber im Klaren waren, dass das Zusammenleben begrenzt war, bemühte sich jeder, sein Bestes zu geben.

Ganz ähnlich die Situation bei Katja König in der Klinik: Der Entschluss, mittelfristig nur noch als Belegärztin zu arbeiten, war zwar im Grunde längst gefallen, in der Zeit von Professor Winters Abwesenheit aber noch wesentlich bekräftigt worden. Die Vorwürfe des Professors waren zwar hart, konnten sie aber nicht von ihrem Vorhaben abbringen. Umso mehr, als Professor Winter in der Folge selbst erfahren musste, wer Frederik Gander wirklich war, warf ihm der Patient doch vor, die Herzkatheteruntersuchung nicht sachgemäß durchgeführt und dadurch das Resultat verfälscht zu haben.

Frederik Gander war derart überzeugt von dem Fantasiegebilde in seinem Kopf, dass er nicht mehr nur Dr. König, sondern auch deren Vorgesetzten verklagen wollte. Was ihm lediglich fehlte, war ein Patientenanwalt. Einer, der mit ihm gleichzog, es sich ebenfalls zum Lebensziel gemacht hatte, die Inkompetenz der Ärzteschaft bloßzustellen.

Denn die beiden Juristen, mit denen sich Frederik Gander bereits unterhalten hatte, waren ihm zu wenig bissig gewesen. Die hatten schon am Telefon von Vergleich gesprochen. Doch der Patient wünschte keine gütliche Einigung, keinen harmlosen Kompromiss. Er wollte Recht zugesprochen bekommen, von höchster Stelle. Darüber hinaus war er keinen Tag länger mehr bereit, in der Klinik am Park zu bleiben. Die pflegten ihn hier noch zu Tode, nur damit er nicht mehr gegen die hausinterne Mafia vorgehen konnte. Selbst das Essen aus der Klinikküche ließ Frederik Gander stehen, aus Angst, es könnte vergiftet sein.

Als die Sanitäter den Patienten schließlich abholten, um ihn in ein Sanatorium zu bringen, atmete nicht nur das Pflegepersonal auf, sondern auch der Professor. Wenn ihm dieser Fall etwas gezeigt hatte, dann das: Auf Katja König war zu hundert Prozent Verlass. Was sie sagte, hatte Hand und Fuß. Es war schlicht unverzeihlich, dass er ihr nicht von Anfang an geglaubt hatte. Doch wollte er seinen Fehler wiedergutmachen und war bereit, aus eigener Tasche den besten Verteidiger zu engagieren, der seine und Katja Königs Rechte wahren konnte, falls es zu der angedrohten Klage von Frederik Gander kommen sollte.

Es vergingen Tage, ohne dass etwas geschah. Anfänglich sichtete der Professor die Morgenpost noch mit einer gewissen Erwartungshaltung, doch nach einigen Wochen rückte der Fall des Hypochonders immer mehr in den Hintergrund, verlangten andere Patientenschicksale Ludwig Winters Aufmerksamkeit.

Erst als der Professor nicht mehr an den Hypochonder dachte, fand er eines Mittags den eingeschriebenen Brief eines Anwaltsbüros auf seinem Schreibtisch vor. Damit war zu rechnen gewesen, dachte er und öffnete den Umschlag mit der Spitze seines Kugelschreibers. Nur komisch, dass auf der Betreffzeile »Widerspruch« und nicht

»Klage« stand. Es schien, als habe Frederik Gander zur Wahrung seiner Interessen nicht gerade einen Profi engagiert.

Bei der Lektüre der Zeilen wurde dem Professor jedoch rasch klar, dass dieser Brief in anderer Angelegenheit an ihn gerichtet war: Das also war der Dank seiner Nachbarin. Dank dafür, dass Ludwig Winter sich persönlich um das Wohl ihres Mannes gekümmert und deswegen seine Oberärztin verärgert hatte! Diese hinterhältige Person war doch tatsächlich zum Anwalt gelaufen, um gegen den geplanten Erweiterungsbau seiner Villa Widerspruch zu erheben. Und das ausgerechnet an dem Tag, an dem ihr Gatte aus der Klinik entlassen worden war!

Hatte Dr. Katja König ihn nicht vor dieser Frau gewarnt? Zu Recht, wie sich nun herausstellte. War er denn wirklich ein derart schlechter Menschenkenner, oder war Dr. König so viel empfindsamer als alle anderen?

Das war sie in der Tat. Ohne sich dessen bewusst zu sein, verfügte die Ärztin über eine enorme Intuition, die aber in ihrer Funktion als Chirurgin nie richtig zum Tragen gekommen war. Nicht zuletzt deshalb gefiel ihr die Allgemeinmedizin: weil sie da viel stärker auf den einzelnen Patienten und seine Psyche eingehen konnte. Anders als ein Chirurg war ein Hausarzt nicht nur Anlaufstelle für körperliche Beschwerden, sondern auch für seelische Probleme. Körper und Seele waren eben eine Einheit.

Diese Tatsache zeigte sich besonders deutlich bei Sonja Bauer, Pauls Mutter. Dank Rosis *Bergtraum* und ihrer wunderbaren Küche hatte sie seit ihrer Rückkehr aus Afrika bereits fünf Kilo zugenommen. Die ließen nicht nur ihr Gesicht weniger hart und ihren Körper weiblicher erscheinen, sondern führten auch dazu, dass sie sich grundsätzlich besser fühlte – nicht mehr so ausgelaugt und ständig müde. Sie spürte einen unendlichen Tatendrang in sich, besuchte mit Rosis Kräutern jeden Tag einen anderen Markt und verkaufte so viele Kräuter, dass die Haushälterin kaum noch nachkam.

Auch hinsichtlich ihrer Wohnungssuche wollte Sonja Bauer nun endlich einen Schritt weiterkommen. Mit der Lektüre des Wochenanzeigers allein würde sie kaum ein geeignetes Wohnobjekt finden. Entweder waren die dort angepriesenen Objekte zu groß und dementsprechend zu teuer, oder es handelte sich um dunkle, schmuddelige Absteigen.

Natürlich wäre es schön gewesen, die Natur unmittelbar vor der Haustüre zu haben. Andererseits war es Pauls Mutter wichtiger, dass ihr Sohn bei schlechtem Wetter oder im Winter bei Schnee jederzeit mit öffentlichen Verkehrsmitteln zu ihr gelangen konnte. Viele Stunden hatte sie bereits damit zugebracht, die Bus- und Bahnstrecke nach Mietobjekten abzuklappern. Leider schien Sonja Bauer nicht die Einzige zu sein, die eine kleine, preiswerte Wohnung in verkehrstechnisch günstiger Lage suchte.

Dabei war sie durchaus bereit, Kompromisse einzugehen, so wie bei dem Einzimmerapartment an der Busendstation. Nein, ihr Traumobjekt war es sicherlich nicht! Dafür hätte es mindestens zehn Quadratmeter größer sein müssen. Und der Vormieter hätte darin nicht Zigaretten rauchen dürfen. Doch der Wohnungsmakler war davon überzeugt, dass man den Qualm schon nach wenigen Tagen nicht mehr roch – »sofern in der ersten Zeit öfters mal ausgiebig gelüftet wird«.

Notfalls konnte Sonja Bauer die Wände ja auch neu streichen lassen. Solange sie den Zuschlag für die Wohnung nicht hatte, war es allerdings müßig, darüber nachzudenken, was alles getan werden könnte. Sie hatte die Bewerbungsunterlagen nach der Besichtigung gleich mitgenommen und über Nacht ausgefüllt. Nun ging es nur noch darum, die Papiere dem Wohnungsmakler zu übergeben. Je schneller dies geschähe, umso besser, das unterstrich ihr Interesse an dem Objekt.

Deshalb rechnete sie es Katja König hoch an, dass sie sich spontan bereit erklärt hatte, den Umschlag mit den Unterlagen mitzunehmen, musste sie doch ohnehin in die Innenstadt. Für die Ärztin war das kein großer Umweg – für Sonja hingegen eine immense Erleichterung, die Papiere bereits vor dem Mittag beim Makler zu wissen. Sie selbst hätte es erst gegen Abend geschafft, wenn überhaupt, denn sie hatte Rosi versprochen, ihr beim Mischen der Kräuter zu helfen.

Dr. Katja König war reichlich desillusioniert, als sie vor der Immobilienagentur eine Menschenschlange von mindestens dreißig Personen vorfand. Alle hatten Umschläge in den Händen. Ob es überhaupt Sinn machte, sich hinten anzustellen? Katja König tat es, weil sie Sonja versprochen hatte, die Bewerbungsunterlagen persönlich abzugeben und nicht bloß in den Briefkasten zu werfen.

Geschlagene zwanzig Minuten musste die Ärztin warten, bis sie endlich so weit vorgerückt war, dass sie das Büro betreten konnte. Die Agentur war weit größer, als sie gedacht hatte, die Wände waren mit Bildern von Kaufobjekten verziert. Unglaublich, was selbst kleinste Häuser kosteten, bloß weil sie über einen kleinen Garten verfügten. Wenn Katja König da an die alte Fabrikantenvilla dachte …

»Der Nächste bitte!«

Sie hob den Kopf. Diese Stimme. Am Vordermann vorbei versuchte die Ärztin einen Blick auf den am Schreibtisch sitzenden Makler zu erhaschen. Obwohl sie anfänglich nur dessen Haupt mit dem schütteren grauen Haar erkennen konnte, wusste sie sofort, dass es sich um Frederik Gander handelte. Bei aller Hilfsbereitschaft Pauls Mutter gegenüber, aber ihm wollte sie nun wirklich nicht begegnen. Kam hinzu, dass Sonja Bauers Chancen, die Wohnung zu erhalten, darüber hinaus gegen null tendierten, wenn Frederik Gander erführe, mit wem die potenzielle Mieterin privat verkehrte.

»Frau König?«

Zu spät. Er hatte sie bereits erkannt. »Was für eine Überraschung, Sie hier zu sehen!«

»Ebenso«, raunte die Ärztin.

»Interessieren Sie sich auch für das Apartment?«

»Ich? Nein, nicht direkt.« Sie streckte ihm Sonjas Bewerbungsunterlagen entgegen. »Ich mache nur einen Botengang für eine Bekannte.«

Frederik Gander warf einen Blick auf die Papiere. »Bauer«, las er halblaut vor. »Bauer sagt mir was. Heißt nicht Ihr Partner, der Verwaltungsdirektor der Klinik am Park, Bauer?«

Katja König nickte. »Die Wohnung wäre für seine Ex-Frau. Sie sucht schon seit Wochen etwas Passendes.«

»Ich seit vier Monaten«, ereiferte sich eine hinter Katja stehende junge Frau mit Kleinkind auf dem Arm. »Geht es nun endlich vorwärts, oder muss ich hier noch Wurzeln schlagen?«

»Verzeihen Sie«, entschuldigte sich die Ärztin und machte Anstalten zu gehen.

»Moment, Doktor König! Bleiben Sie bitte noch ein paar Minuten. Ich hole nur rasch einen Kollegen, der für mich übernehmen kann.«

»Viel Zeit habe ich aber nicht«, meinte Katja König, nachdem Frederik Gander sie an den Wartenden vorbei in eine Art Aufenthaltsraum geführt hatte.

»Kaffee?«

»Warum nicht«, erwiderte die Ärztin und beobachtete, wie er zwei Tassen unter den Kolben der Kaffeemaschine stellte. Erstaunlich, dass er sie noch nicht mit Vorwürfen überhäuft hatte, wo man einander doch zum ersten Mal nach seinem Herzinfarkt begegnete. Auch ging Katja König die angedrohte Klage durch den Kopf, die bis dato weder bei ihr noch beim Professor eingetroffen war. Zu gerne hätte sie danach gefragt, wollte aber keine schlafenden Hunde wecken und stattdessen lieber den Kaffee trinken, den er ihr servierte.

Die zweite Tasse stellte er vis-à-vis von ihr hin, setzte sich davor und rührte großzügig Zucker hinein.

»Sie trinken Kaffee?«, fragte Katja König höchst erstaunt.

»Ich weiß, was Sie denken, Doktor König. Wahrscheinlich erinnern Sie sich daran, was ich Ihnen mal in der Praxis gesagt habe, als Sie eine Tasse Kaffee vor sich stehen hatten.«

Das tat sie in der Tat. »Sie prophezeiten mir Herzrasen, Verstopfung und einen frühen Tod.«

»Das war töricht.« Er nahm einen ordentlichen Schluck. »Ich habe während der letzten Wochen viel dazugelernt.« Den Herzinfarkt erwähnte Frederik Gander mit keinem Wort. Stattdessen sprach er von seiner Zeit im Sanatorium. »Es war grauenvoll. Wo immer ich mich aufhielt, ob im Garten, im Speisesaal, im Gemeinschaftsraum oder im Fernsehzimmer: Überall waren nur kranke Menschen. Manche waren so schlecht beieinander, dass sie in Rollstühlen herumgekarrt werden mussten. Andere, wie mein Zimmergenosse, konnten ohne ihr Sauerstoffgerät keine zwei Meter mehr gehen. Aber das war noch nicht einmal das Schlimmste. Besonders schrecklich fand ich, dass die Mehrzahl dieser Menschen in Vergessenheit geraten ist. Nicht beim Pflegepersonal und den Ärzten, sondern bei ihren Angehörigen zu Hause. Die Familie meines Zimmergenossen hat sich seit Weihnachten nicht mehr blicken lassen. Dabei ist sie zu Beginn seiner Erkrankung noch jedes Wochenende zu ihm gekommen.«

Dr. König kannte das Problem. Viele chronisch Kranke waren davon betroffen. Anfangs reagierte das Umfeld auf ihre körperlichen Gebrechen mit großer Anteilnahme. Das Interesse nahm jedoch ab, je länger die Krankheit andauerte und je weniger Aussicht auf Genesung bestand – »das ist eine Entwicklung, die wir auch in der Klinik immer wieder beobachten. Vor allem bei Patienten, die über mehrere Monate bei uns stationiert sind.«

Versonnen drehte Frederik Gander die Kaffeetasse zwischen seinen Fingern. Er hatte im Sanatorium viel Zeit gehabt. Zeit, um nachzudenken. Zeit, um sich dessen bewusst zu werden, was er mit seinen dreiundfünfzig Jahren vom Leben noch wollte – »eines ganz bestimmt nicht: allein sein, vergessen von dem Menschen, den ich am meisten liebe«.

Katja König wusste, worauf er anspielte. Jedoch hatte er es sich selbst zuzuschreiben, dass Emma Gander sich von ihm abgewendet, sich kein einziges Mal bei ihm in der Klinik gemeldet hatte.

»Verzeihen Sie meine Offenheit, aber Sie haben Ihrer Frau all die Jahre über ganz schön viel zugemutet. Ich kann gut nachvollziehen, dass sie mal etwas Distanz braucht.«

»Distanz? Emma hat die Scheidung eingereicht«, murmelte Frederik Gander vor sich hin. Dann schaute er seinem Gegenüber in die Augen und sagte: »Ich weiß, dass ich ein unverbesserlicher Hypochonder bin. Aber glauben Sie mir, Doktor König, ich arbeite an mir. Seit ich aus der Klinik zurück bin, habe ich noch kein einziges Mal meinen Blutdruck gemessen. Und bei einem Arzt war ich auch noch nicht.«

»Das sollten Sie aber«, meinte die Ärztin. »Immerhin hatten Sie einen leichten Infarkt. Sie müssen Ihre Werte überprüfen lassen.«

»Würden Sie... also dürfte ich...«

Grundsätzlich hatte Dr. König nichts dagegen, wenn der Patient zur Nachkontrolle in die alte Fabrikantenvilla kam. »Unter der Voraussetzung, dass Sie daneben nicht wieder fünf oder sechs andere Arztpraxen aufsuchen.«

»Das ist vorbei«, versprach er ihr und wies im selben Atemzug darauf hin, dass er nun wieder ganztags arbeitete. »Von acht bis achtzehn Uhr mit einer zweistündigen Mittagspause.«

Aus psychologischer Sicht konnte Katja König diese Entwicklung nur begrüßen. »Aber fühlen Sie sich denn auch körperlich fit genug?«

»Auf jeden Fall ist es besser, ich verbringe den Tag hier im Büro, als dass ich zu Hause sitze und Briefe an Emma schreibe, die sie sowieso nicht öffnet. Dabei möchte ich mich bei ihr entschuldigen, ihr sagen, was für ein Trottel ich all die

Jahre über war – und sie fragen, ob sie bereit wäre, es noch einmal mit mir zu versuchen.«

»Warum gehen Sie nicht einfach zu ihr hin und sagen es ihr persönlich?«

»Weil Emma mich nicht hereinlässt. Die haben bei diesem Wohnhaus eine Gegensprechanlage, wo man erst sagen muss, wer man ist, ehe die Haustür aufgeht. Und weil Emma mir nie genügend Zeit lässt, mich zu erklären...«

»...lässt sie Sie draußen stehen«, folgerte Katja König.

Genau so war es. »Ich hab mir schon überlegt, ob ich mich als jemand anderer ausgeben oder bei einer Nachbarin klingeln soll, um wenigstens ins Haus zu gelangen. Aber viel bringen würde auch das nicht: Ich kann ihr doch nicht im Treppenhaus sagen, wie sehr ich mir wünsche, wieder mit ihr zusammen zu sein.«

»Das würde in der Tat einen etwas komischen Eindruck machen«, meinte die Ärztin. »Andererseits: Wer nicht wagt, der nicht gewinnt!«

Frederik Gander war jederzeit bereit, einen Versuch zu unternehmen – »aber nicht, ohne dass wenigstens der Funke einer Erfolgsaussicht besteht. Ich weiß, es ist viel verlangt, aber könnten nicht Sie...«

»Ich?« Katja König winkte ab. »Tut mir leid, Herr Gander. Ich bin Ärztin, keine Paartherapeutin. Und eigentlich bin ich ja nur hier, weil ich im Namen von Sonja Bauer die Bewerbungsunterlagen für die Wohnung abgeben wollte.«

Die Wohnung an der Busendstation. Der Makler durfte es kaum sagen, »aber das Objekt ist bereits vergeben. Der Hauseigentümer hat selbst einen Mieter gefunden. Unter uns gesagt, es ist sein Sohn, der nun dort einzieht.«

»Na, wunderbar«, befand die Ärztin. »Heißt das etwa, dass alle diese Leute, die sich da draußen die Beine in den Bauch stehen und Hoffnungen machen, umsonst hierhergekommen sind?«

»Es sieht ganz danach aus«, lautete seine ausweichende Antwort. »Doch wenn Sie mir die Telefonnummer Ihrer Bekannten hinterlassen, werde ich mich bemühen, etwas Passendes für sie zu finden. Der Mietmarkt ist zwar im Moment schwierig, trotz allem kriegen wir immer wieder mal ganz passable Objekte rein, die weder in der Zeitung noch im Internet erscheinen.«

Das hörte sich vielversprechend an. »Und was müsste meine Bekannte für die Vermittlung berappen?«

»Nichts.« Frederik Gander erhob sich, um wieder nach vorne zu gehen, den Kollegen abzulösen. »Es ist das Mindeste, was ich für Sie tun kann – nach allem, was war.« Dann reichte er Dr. König die Hand und drückte sie unerwartet kräftig: »Sollten Sie zufällig meine Frau sehen, so wäre ich Ihnen dankbar, wenn Sie ihr sagen könnten, dass… nun, dass ich mich über ein Lebenszeichen von ihr freuen würde.«

Auch wenn es sich nicht um ihr absolutes Traumobjekt handelte: Sonja Bauer hätte sich trotzdem über den Zuschlag gefreut. Nach zwei Monaten gastlicher Aufnahme sehnte sie sich nach einer eigenen Wohnung. Nicht, dass es ihr im Pförtnerhaus der Fabrikantenvilla nicht gefiel. Sie hatte dort weit mehr, als sie eigentlich brauchte. Verglichen mit ihrer Lehmhütte im Dschungel war es der pure Luxus.

Neben Schlafraum, kleinem Salon und Badezimmer stand ihr sogar eine voll eingerichtete Kochnische zur Verfügung. Nur benutzen konnte sie diese nicht, weil Rosi es ihr persönlich übel genommen hätte, wenn sie zu den Mahlzeiten nicht herübergekommen wäre.

Pauls Mutter schätzte die Kochkünste der Haushälterin sehr. Zumal es bequem war, sich an einen gedeckten Tisch setzen zu können. Doch hätte sie auch gerne mal einfach nur ein Rührei gegessen und dazu in einem Buch gelesen. Aber das verstand Rosi nicht. Ebenso wenig konnte sie nachvollziehen, dass Katja König und Bruno Bauer nicht längst einen neuen Termin für ihre Verlobung festgelegt hatten, wo zwischen ihnen doch alles wieder in bester Ordnung war.

Wenn die beiden noch lange zuwarteten, würde das nichts mit dem romantischen Buffet unter freiem Himmel. Oder dachten sie etwa, der Herbst würde extra ihretwegen eine Pause einlegen? Bemerkten sie denn gar nicht, dass die ersten Bäume bereits ihr Laub verloren?

In ihrer Ratlosigkeit sammelte Rosi die verfärbten Blätter ein und verstreute sie über den Küchentisch, was ihr prompt den Spott des Doktors einbrachte.

»Sieht aus wie in einer Waldhütte«, meinte er, als er in die Küche trat.

»Tür zu! Es zieht!«, rief Rosi. »Schnell! Sonst fliegt mir alles weg!«

Gemächlich zog Bernd König den Knauf zu sich heran. Auf dem Mundstück seiner Pfeife kauend, trat er zum Tisch, schaute drüber – und grinste. »Gehört dieser Wurm auch zur Dekoration?«

»Welcher Wurm?«

Er deutete auf den Kerzenständer in der Mitte der Tafel, wo sich ein braunrotes Ringeltierchen von vielleicht zehn Zentimetern Länge am Messingarm hocharbeitete.

Bei dessen Anblick stieß die Haushälterin einen spitzen Schrei aus. »Nehmen Sie dieses Ungeheuer weg«, forderte sie den Doktor auf. »Sofort!«

»Das ist kein Ungeheuer, sondern ein *Lumbricus rubellus*«, befand Bernd König, während er das Tier – zwischen Daumen und Zeigefinger haltend – Rosi unter die Nase streckte. »Übrigens nicht zu verwechseln mit dem Mistwurm, auch *Eisenia foetida* genannt, der im Durchmesser deutlich …«

»Aufhören! Noch ein Wort und Sie können sich Ihr Abendessen selbst kochen!«

»Spielverderberin«, raunte er und warf den Wurm durchs offene Küchenfenster, wo er im Gemüsebeet landete. »Was gibt es denn Gutes?«

»Tomatenkuchen.«

Des Doktors Gesichtsausdruck ließ kaum Begeisterung erkennen. »Muss das sein?«

Rosi nickte. »Ich habe heute Nacht eine Idee gehabt, wie ich das Rezept noch verfeinern könnte.«

»Normale Menschen schlafen nachts und denken sich keine neuen Rezepte aus.«

Dass Bernd König einen gesegneten Schlaf hatte, brauchte er nicht extra zu erwähnen, hörte Rosi ihn doch selbst durch die dicken Mauern hindurch schnarchen, »gestern war es übrigens wieder mal besonders schlimm«.

Gottlob war der Haushälterin nicht aufgefallen, dass der Doktor die halbe Nacht im Weinkeller mit Ausmessen und Skizzieren verbracht hatte. Seinen Berechnungen zufolge sollte es kein Problem sein, die Festgesellschaft dort unten unterzubringen. Selbst Rosis Buffet fände Platz – sofern Bruno Bauer ihm hülfe, die leeren Holzfässer ins Freie zu tragen.

»Sie wollen doch wohl nicht allen Ernstes die Verlobung von Katja in diesem dunklen Loch stattfinden lassen!«

Für Bernd König sprach nichts dagegen. »Mein Weinkeller hat einen unüberbietbaren Charme. Und Würmer gibt es dort unten auch keine.«

»Dafür Mäuse!«

»Die verschwinden eh, sobald du auftauchst.

Mäuse mögen uns Menschen nämlich genauso wenig wie wir sie.«

Der Doktor konnte Rosi erzählen, was immer er wollte: Der Weinkeller kam für sie als Ort der Verlobungsfeier nicht in Frage, Mäuse hin oder her.

»Denken Sie nur allein an das Toiletten-Problem. Wir können es den Gästen unmöglich zumuten, vom Keller in den ersten Stock hinaufzusteigen, um die Toilette aufzusuchen.«

Für Bernd König zählte das Argument nicht. »Vom Garten aus müssen sie auch ins Haus rein.«

»Immerhin wären es nicht ganz so viele Treppen!«

Das klang, als wären zum Fest nur alte und gebrechliche Leute eingeladen. »Die Ältesten werden sowieso wir beide sein«, war der Doktor überzeugt.

»Sie kennen die Gästeliste?«

Er kannte die alte Liste, so wie Rosi auch. »Meinst du, die haben eine neue gemacht?«

Die Haushälterin bezweifelte, dass Katja und Bruno überhaupt über einen zweiten Anlauf nachdachten. Oder wusste der Doktor etwa mehr als sie?

»Ich? Über Herzensangelegenheiten redet Katja doch sonst immer mir dir.«

»Nicht, seit sie mit Bruno zusammen ist.«

Nachdenklich rieb sich Bernd König den weißen Bart. Irgendwie musste doch herauszufinden sein, was Katja und Bruno beabsichtigten. »Meinst du nicht, wir sollten sie ganz einfach fragen?«

»Bloß nicht, das würden sie als Einmischung empfinden! Die beiden müssen von sich aus auf das Thema zu sprechen kommen. Wir können ihnen höchstens einen kleinen Anstoß geben«, sagte Rosi, nahm ein besonders schönes Laubblatt vom Tisch und legte es demonstrativ auf Katja Königs Serviette.


Gut möglich, dass die Haushälterin mit ihrem Vorhaben Erfolg gehabt hätte, wäre ihr nicht Frederik Gander in die Quere gekommen. Dabei meldete sich der Immobilienmakler in bester Absicht in der alten Fabrikantenvilla, um Pauls Mutter mitzuteilen, dass er für sie das passende Objekt gefunden habe: ein vierzig Quadratmeter großes Apartment in einem ruhigen Wohnhaus mit kleiner Einbauküche, Badezimmer mit Wanne, nur zwei Gehminuten von der Bushaltestelle entfernt. Auf Wunsch konnte die Wohnung sogar möbliert übernommen werden, gegen eine minimale Ablösesumme für die Möbel.

Für Sonja Bauer, die auf ihrer Wohnungssuche bislang nur negative Erfahrungen gemacht hatte, klang die Objektbeschreibung zu gut, um wahr zu sein. Da war bestimmt ein Haken dabei, konnte etwas nicht stimmen – nicht bei dieser niedrigen Monatsmiete. Merkwürdig auch, dass der Vormieter daran interessiert war, die Einrichtung zu belassen, und auch völlig flexibel schien, was den Auszugstermin betraf.

Dies, so der Makler, liege daran, dass die aktuelle Mieterin zu ihrem Partner zurückkehre und bereits jetzt wieder mehr oder weniger dort wohne. »Aber warum schauen Sie sich die Wohnung nicht einfach an? Völlig unverbindlich? Bis um neunzehn Uhr wäre die Frau dort, dann muss sie zum Dienst. Sie arbeitet im Pflegebereich und hat heute Nachtwache.«

Umso besser. Dann wäre Sonja Bauer um halb acht zum Abendessen wieder zurück.

»Und wo soll ich klingeln?«

»Bei Gander.«

»Gander?«, wiederholte Sonja Bauer fragend.

»Ja, Gander«, bestätigte der Makler. »Die aktuelle Mieterin der Wohnung ist meine Frau.«

Wäre Dr. Katja König nicht gewesen, Emma Gander hätte ihrem Gatten keine neue Chance gegeben. Für sie hatte es nach Frederiks Herzinfarkt und seinem unmöglichen Verhalten in der Klinik am Park nur noch einen gemeinsamen Termin gegeben: den vor dem Scheidungsrichter. Einzig der Fürsprache der Ärztin verdankte er es, dass Emma ihm dann doch noch ihre Wohnungstür geöffnet hatte.

Wie ein Primaner bei seiner ersten Verabredung hatte er dagestanden, mit einem Strauß Rosen in der linken und einer Schachtel Pralinen in der rechten Hand. Er hatte während der Kur etwas Farbe im Gesicht angenommen, was Emma mit Wohlwollen bemerkte. Auch gefiel ihr, dass er von sich aus einen Mittwochabend für das Treffen ausgesucht hatte: Mittwochs lief doch immer erst diese Gesundheitssendung im Radio und anschließend das Patientenmagazin im Fernsehen.

Als sie ihm darüber hinaus ein Glas Wasser mit Kohlensäure hinstellte, widersprach er nicht wie erwartet, sondern trank es anstandslos leer. Wie er auch kein Wort darüber verlor, auf einem alten Sofa Platz nehmen zu müssen. Bis nach dreiundzwanzig Uhr saß er dort, wäre vielleicht sogar noch länger geblieben, hätte Emma ihn nicht darauf hingewiesen, dass sie am Morgen zum Frühdienst müsse.

Vor dem Mitarbeitereingang des Tumorzentrums holte er sie am folgenden Mittag ab, schlug einen gemeinsamen Spaziergang am Fluss vor, der in einem Imbiss in einem Gartenrestaurant gipfelte. Dort verweilten sie den ganzen Nachmittag über, hatte Frederik sich doch extra freigenommen. Erst nach Sonnenuntergang rief er ein Taxi – und sie fuhren gemeinsam nach Hause.

Seither war Emma Gander kaum noch in ihrer Einzimmerwohnung anzutreffen, außer um den Briefkasten zu leeren und die Blumen zu gießen. Denn trotz aller Fortschritte, die Frederik gemacht hatte, Pflanzen in geschlossenen Räumen ertrug er noch immer nicht, denn er befürchtete, Erdflöhe oder sonstige Krabbeltiere könnten ihn befallen. Für Emma war das weiter kein Problem, schließlich hatte auch sie ihre Macken und war demzufolge gerne bereit, ihre prachtvollen

Topfpalmen der Nachmieterin zu überlassen, sofern diese Verwendung dafür fände.

Verwendung? Sonja Bauer war von den beiden Pflanzen ebenso begeistert wie von der Wohnung und der bunten Einrichtung. Es fehlte nichts, sogar Teller, Gläser und Besteck für zwei Personen waren vorhanden. Paul konnte also jederzeit zu Besuch kommen, auch über Nacht, sofern es ihm nichts ausmachte, das ausziehbare Sofa mit seiner Mutter zu teilen.

Aber das Schönste überhaupt an dem Objekt war seine Lage. Im fünften und damit obersten Stockwerk des Wohnhauses gelegen, bot es an klaren Tagen freie Sicht bis zu den Alpen. Nicht mal vom Hügel der alten Fabrikantenvilla aus blickte man so weit ins Land hinein.

»Es ist einfach traumhaft«, schwärmte Sonja Bauer, vom Besichtigungstermin zurückgekehrt. »Mit einem Feldstecher kann ich vielleicht sogar eure Schlafzimmerfenster sehen!«

»Hast du das gehört?« Scherzhaft stieß Bruno Bauer die neben ihm sitzende Katja mit dem Ellbogen an. »Fortan wird bei uns nur noch bei geschlossenen Läden geschlafen.«

Da hatte die Ärztin eine viel bessere Idee: »Wir besorgen uns ebenfalls ein Fernglas, besser noch ein Teleskop, und schauen ganz frech zurück! Und wehe, wir sollten feststellen, dass Sonja sonntags um neun Uhr noch nicht aus den Federn ist, dann lassen wir es bei ihr so lange klingeln, bis sie sich am Fenster zu erkennen gibt.«

Das Gelächter am Tisch war groß, umso mehr, als der Doktor vorschlug, statt übers Telefon mit Rauchzeichen zu kommunizieren. »So wie die Indianer es früher gemacht haben. Zweimal kurz nacheinander Rauch am Himmel hieße dann zum Beispiel *guten Morgen*. Und dreimal würde bedeuten, dass Rosi die Kräuter für den Markt beisammenhat und Sonja sie abholen kann.«

Die Haushälterin mochte sich dazu nicht äußern. In der alten Fabrikantenvilla machte neuerdings ohnehin jeder, was ihm gerade passte, zog sie niemand mehr ins Vertrauen. Sonja hätte ruhig etwas von ihrem bevorstehenden Auszug sagen können – »und zwar bevor ich den teuren Vorhangstoff fürs Pförtnerhaus gekauft habe«.

»Geh nicht weg!«, bat Sonja Bauer die im Aufstehen begriffene Rosi. »Von neuen Vorhängen habe ich nichts gewusst. Ehrlich!«

Entgegen der Aufforderung verließ die Haushälterin die Küche und stieg in den ersten Stock hinauf, um Augenblicke später mit einem in Pa-

pier eingewickelten Stoffballen an den Tisch zurückzukehren.

»Hier«, sagte sie und riss das braune Papier
in zwei Stücke, so dass eine fein gewobene, mit
Urwaldmotiven bedruckte Baumwolle zum Vor-
schein kam. »Damit hatte ich dich überraschen
wollen.«

Zu Tränen gerührt, umarmte Sonja Bauer ihr
Gegenüber. »Du bist einfach die Beste, Rosi!«

»Unsinn«, raunte die Haushälterin beschämt,
packte den Ballen wieder ein und legte ihn quer
unter die Sitzbank. »Sag mir lieber, ob du auch
weiterhin meine Kräuter verkaufen willst oder
ob auch dieser Aufwand umsonst war.«

»Nichts war umsonst! Ich werde wie bisher
auf die Wochenmärkte fahren, sofern Bernd mir
sein Auto leiht.«

Am Doktor sollte Sonja Bauers Vorhaben nicht
scheitern – »sofern es jetzt dann endlich mal was
zu essen gibt. Es ist bald halb neun und immer
noch nichts auf dem Tisch.«

»Stimmt nicht«, entgegnete seine Tochter. »Wie
wär's mit ein paar trockenen Laubblättern zur
Vorspeise?«

»Rühr die bloß nicht an«, flüsterte Bernd König. »Die liegen nämlich nicht zufällig hier.«

Davon war Katja König ausgegangen. Irgend-
jemand musste die Blätter ja auf den Tisch gelegt
haben.

»Ich«, sagte die Haushälterin.

Bruno Bauer nahm das auf Katjas Serviette
drapierte Blatt in die Hand und begutachtete es
eingehend. »Hübsch, wirklich sehr hübsch«, frot-
zelte er. »Man könnte es auch zwischen zwei
Buchdeckeln trocknen und damit ein Weihnachts-
kärtchen basteln.«

»Oder eine Einladung für eure Verlobungsfeier«, meinte Rosi geistesgegenwärtig. Ihr war
klar, dass sie sich mit ihrer Äußerung ganz schön
in die Nesseln setzte, zumal sie den Doktor angehalten hatte, ja nichts in dieser Richtung zu
sagen. Andererseits: Irgendwann mussten Katja
und Bruno die sprichwörtliche Katze aus dem
Sack lassen. »Oder wollt ihr am Ende gar nicht
mehr heiraten?«

Natürlich wollten sie – »Mitte Mai des nächsten Jahres. Das Aufgebot ist bestellt.«

»Aber ...« Bernd König brauchte einen Schluck
Wasser, bevor er weitersprechen konnte. Er war
Arzt, kein Jurist. Aber so viel wusste er vom Ge-
setz: dass spätestens dann, wenn ein Paar sein
Hochzeitsaufgebot bestellte, es als offiziell ver-

lobt galt. »Heißt das, es findet gar keine Feier statt?«

Katja König und Bruno Bauer nickten im Gleichtakt. »Wir wollen kein aufgewärmtes Fest veranstalten, das schon einmal abgesagt worden ist. Kommt hinzu, dass uns die Hochzeit von Anfang an wichtiger war.«

Schön und gut, aber was sollte der Doktor nun mit den zig Flaschen Bordeauxwein anfangen, die er im Keller für die Verlobung lagerte?

»Na, was wohl?« Rosi klatschte in die Hände, als wollte sie Bernd König aufwecken. »Trinken! Am besten, Sie holen gleich zwei Flaschen rauf, damit wir auf die Verlobung anstoßen können. Ich trage derweil das Abendessen auf.«

Der Doktor erhob sich nur widerwillig, fand er doch, dass der Wein zu schade wäre, um zusammen mit Tomatenkuchen genossen zu werden.

»Es gibt ja auch noch etwas anderes«, versprach die Haushälterin, ohne zu verraten, dass sie außerdem auch noch eine Hochzeitspastete gebacken hatte. Die stand auf einer Tortenplatte im Vorratsraum bereit – diesmal perfekt gelun-

gen, ohne dass die beiden ineinanderverfloch-
tenen Herzen beim Backen auseinandergefallen
waren.

Ende